국어 교과서 작품 읽기
중1 소설

국어 교과서 작품 읽기: 중1 소설

초판 1쇄 발행 • 2010년 4월 30일
개정판 1쇄 발행 • 2012년 11월 20일
개정2판 1쇄 발행 • 2017년 12월 27일
최신 개정판 1쇄 발행 • 2024년 12월 20일

엮은이 • 김아란 주예지
펴낸이 • 염종선
책임편집 • 정편집실 구본슬
조판 • 한향림
펴낸곳 • (주)창비
등록 • 1986년 8월 5일 제85호
주소 • 10881 경기도 파주시 회동길 184
전화 • 031-955-3333
팩스 • 영업 031-955-3399 편집 031-955-3400
홈페이지 • www.changbi.com
전자우편 • ya@changbi.com

ⓒ (주)창비 2024
ISBN 978-89-364-3144-0 44810
ISBN 978-89-364-3142-6 (전3권)

국어 교과서 작품 읽기

중1 소설 　김아란 · 주예지 엮음

창비

'국어 교과서 작품 읽기'
최신 개정판을 펴내며

국어는 왜 어려울까요? 우리말과 글을 이미 능숙하게 쓰고 있는데도 국어 과목이 너무 어렵다며 푸념을 늘어놓는 아이들을 종종 만납니다. 국어를 배우는 시간을 자신과 세상을 이해하고 성장하는 과정으로 생각해 보면 어떨까요? 국어는 읽고 쓰는 기능뿐 아니라 우리말과 글의 아름다움을 느끼고 가치를 내면화하면서 세상과 소통하는 법을 배우는 과목입니다. 다양한 삶의 모습이 담긴 문학 작품은 인간과 세계를 깊게 이해하는 통로가 되어 주지요. 작품 속 이야기를 거쳐 다시 우리가 발딛고 있는 현실로 돌아와 앞으로 어떤 삶을 살아갈지 고민하게 된다면, 그것이 바로 성장의 과정이라 할 수 있습니다.

2025년 중학교 1학년부터 적용되는 '2022 개정 교육과정'은 미래 변화에 대응하는 역량을 강조합니다. 디지털 사회로의 전환, 기후 환경의 변화, 출생 인구의 감소 등 우리는 이미 전과 다른 세상을 살고 있습니다. 이런 변화에 발맞추어 새로운 국어 교육과정에서는 디지털·미디어 역량을 기르기 위한 '매체' 영역이 추가되었습니다. 디지털 기기를 활용하는 것에서 그치지 않고, 매체 자료를 비판적으로 이해하고 자신의 생각을 창의적으로 표현하는 것을 목표로 합니다. 이처럼 미래를 잘 맞이하려면 단순히 새로운 기술을 습득하는 것을 넘어, 변화된 환경 속에서 자신의 삶을 주도적으로 살아갈 수 있어야 합니다. 이를 위해서는 나를 둘러싸고 있는 세상을 읽어 낼 수 있는 힘을 갖추어야 하지요. 문해력을 기르는 이유도 단순히 성적을 몇 점 올리기 위해서가 아니라 삶을 가꾸기 위해서입니다.

'국어 교과서 작품 읽기' 최신 개정판에서는 새로 바뀐 중학교 1학년 국어 교과서 10종에 실린 문학 작품을 시, 소설, 수필·비문학 갈래별로 가려 모으고, 다양한 활동을 포함했습니다. 단어의 뜻을 정확히 파악했는지, 중심 내용을 제대로 이해했는지, 앞뒤 맥락을 바탕으로 작품의 의미를 파악했는지 알아보며 문해력을 키울 수 있는 활동입니다. 중학교라는 새로운 터전, 청소년이라는 낯선 시기에 적응하고 있을 학생들이 지레 겁먹지 않도록 중학교 1학년의 눈높이에 맞추어 수록작을 꼽고 도움 글을 실었습니다. 문해력을 단번에 기를 수 있거나 국어 실력이 순식간에 발돋움할 수 있는 마법의 약은 없습니다. 의무감으로 해치워야 할 숙제처럼 서두르지 말고, 즐거운 마음으로 작품을 감상하며 차근차근 기초를 쌓아 가면 좋겠습니다.

국어 교과서를 받고 나서 두근거리는 마음으로 책을 펼쳐 소설부터 읽은 적이 있나요? 혹은 더 어린 시절에 동화에 흠뻑 빠져 본 적이 있나요? 이제 중학생이 된 여러분은 시, 소설, 수필 등 문학 작품을 접할 기회가 더 많아질 거예요. 이야기의 세계에 풍덩 빠져 작가가 창조해 낸 세계로 들어가 새로운 상상을 해 보는 즐거움도 많이 느껴 볼 수 있기를 바랍니다. 소설 속 세계는 작가가 만들어 낸 것이지만, 소설은 허구성뿐만 아니라 진실성도 가지고 있습니다. 허구성과 진실성은 자칫 모순되는 특징처럼 보이지만 꼭 그렇지는 않습니다. 소설 안에는 현실에 있음직한 이야기, 우리가 사는 세상과 다양한 인간의 삶이 담겨 있지요. 그 속에서 우리는 함께 울고 웃으며 삶의 진실을 알아가고, 어떻게 살아야 하는지 곰곰이 성찰해 보는 시간을 가집니다.

『국어 교과서 작품 읽기: 중1 소설』은 국어 교과서에 실린 9편의 소설을 뽑아 개정 교육과정의 성취 기준을 바탕으로 1부 '자라는 기쁨', 2부 '고민의 깊이'로 구성했습니다. 달라진 국어 교과서에서 비교적 최근에 발표된 소설들의 수록을 강화한 만큼 이 책에도 동시대의 좋은 소설들을 엮으려 했습니다. 우선 1부에서는 성장을 다룬 작품을 소개합니다. 여러분들이 공감할 수 있는 또래 친구들이 등장하지요. 주인공의 성장을 응원하고 어떤 어른으로 자랄지 그려 보면서 읽는다면 감동과 즐거움을 더욱 생생히 느낄 수 있을 거예요. 2부에서는 갈등을 겪는 여러 인물이 등장합니다. 갈등의 진행과 해결 과정을 파악하고, 함께 고민하며 읽어 보길 바랍니다.

그리고 이 책에는 여러분이 스스로 소설을 깊게 감상할 수 있도록 도와주는 활동을 두었습니다. 문제를 푼다고 생각하기보다 이야기를 되새긴다고 여기면 좋겠습니다. 이야기 속 상황과 인물들을 스치듯 흘려보내지 말고 되돌아가 만나 보세요. 활동에 참여하다 보면 처음에 소설을 읽었을 때 놓쳤던 것을 발견할 수도 있고, 알고 있던 사실이 새롭게 보일 수도 있습니다. 각 부 마지막에 실린 '문해력 키우기'를 통해 새로운 낱말도 잘 익힐 수 있다면 좋을 거예요. 소설이 전하는 감동과 즐거움, 삶의 의미와 아름다움에 집중해 보는 시간이 되기를 바랍니다.

2024년 12월
김아란 주예지

일러두기

1. '2022 개정 교육과정'에 따른 중학교 검정 교과서 10종 『국어』 1-1, 1-2에 수록된 소설 중에서 9편을 가려 뽑아 엮었습니다.

2. 작품이 수록된 단행본을 원본으로 삼았습니다.

3. 표기는 원문에 충실히 따르는 것을 원칙으로 하되 맞춤법과 띄어쓰기는 최대한 현행 표기법을 따랐습니다.

4. 본문 아래쪽에 낱말 풀이를 달았습니다.

5. 활동의 예시 답안은 창비 홈페이지(www.changbi.com)의 '도서 > 자료실 > 어린이 청소년 자료실'에 있습니다.

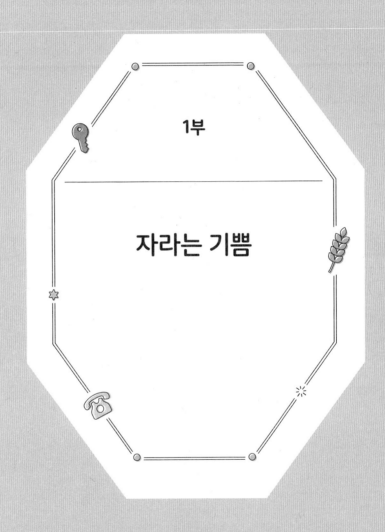

1부

자라는 기쁨

누군가 여러분에게 요즘 고민이 있는지 물어 올 때, 괜히 눈을 피하며 대화를 다른 주제로 돌린 적이 있나요? 내 마음속 깊은 곳에 숨겨 둔 이야기를 세상에 꺼내 놓는 일은 왠지 민망하고 부끄러워 망설여지기도 합니다. 그런데 작품 속 인물의 삶을 찬찬히 들여다보는 일은 무척 흥미롭습니다. 인물이 처한 상황부터 깊은 내면까지 속속들이 알아보고, 마침내 그가 어떤 선택을 할지 지켜보는 것은 소설을 읽는 큰 즐거움입니다. 인물들이 어떤 상황에서 어떤 고민을 하는지, 어떻게 성장하는지 함께 발맞춰서 읽어 나가다 보면 어느새 그 세계에 들어가 함께하고 있는 자신을 발견하게 될 것입니다.

1부 '자라는 기쁨'에는 이송현 「오후 4시, 달고나」, 조우리 「커튼콜」, 유은실 「내 이름은 백석」, 박완서 「자전거 도둑」을 수록했습니다. 작품 속 인물들은 여러 사건을 거치며 성장하지만, 변화된 모습을 맞이하기까지 그에 따르는 아픔도 겪습니다. 성장통을 느껴 본 적이 있나요? 성장통은 우리 몸이 갑자기 자라날 때 생기는 통증이지만, 때로는 마음도 성장통을 겪습니다. 설렘을 가득 안고 짝사랑하는 친구를 만나러 가는 서율이의 첫사랑은 이루어질까요? 상처를 딛고 무대 위로 용기 있게 올라선 은비를 성장시키는 힘은 무엇일까요? 늘 커다랗게만 보였던 아빠의 쓸쓸한 뒷모습을 보게 된 석이는 이후에 어떤 어른으로 자라게 될까요? 도시 속 삶의 방식과 양심이 소리치는 내면의 목소리 사이에서 혼란스러운 수남이는 어떤 선택을 하게 될까요?

한 발 떨어져 작품 속 인물을 관찰하기보다 주인공의 친구가 되어 가까운 거리에서 여정을 함께해 보세요. 때로는 인물의 감정에 깊이 몰입해서 공감하며 위로받기도 하고, 때로는 인물의 선택을 반박하기도 하면서 어떻게 사는 것이 바람직한지에 대해 생각해 보면 좋겠습니다. 그리고 마침내 '나의 이야기'가 떠오르는 순간이 있을 것입니다. 그 순간을 놓치지 말고 잠시 멈추어서 깊이 들여다보길 바랍니다.

오후 4시, 달고나

이
송
현

이송현

동화 작가, 소설가. 1977년 대구에서 태어나 서울에서 자랐다. 장편동화 『아빠가 나타났다!』로 제5회 마해송문학상을 받으며 작품 활동을 시작했다. 동시 「호주머니 속 알사탕」으로 2010년 조선일보 신춘문예에 당선되었고, 청소년소설 『내 청춘, 시속 370km』로 제9회 사계절문학상 대상을 수상했다. 주요 작품으로 장편소설 『드림 셰프』 『라인』 『나의 수호신 크리커』 『일만 번의 다이빙』, 동화 『슈퍼 아이돌 오두리』 『방과 후, 아나운서 클럽』 『내 이름은 십민준』 등이 있다.

✦ 읽기 전에 ✦

누군가를 좋아해 본 경험이 있나요? 사랑에 빠지면 상대의 사소한 말과 행동에도 감정이 마치 그네를 타는 것처럼 오르락내리락하기도 합니다. 잠들기 전 상대의 얼굴을 떠올리며 설레기도 하고, 상대도 혹시 나와 같은 마음일까 두근거리기도 하고, 때로는 기대와 다른 결과에 실망하기도 하고, 다른 사람과 같이 있는 모습을 보고 질투심에 휩싸이기도 합니다. 그동안 나도 몰랐던 나의 다른 모습을 발견하는 즐거움이 있지요. 소설 속 친한 친구를 짝사랑 중인 소녀의 감정선을 함께 따라가면서 작품을 감상해 보세요.

"언니, 달 주세요. 보름달."

속도 좋지, 똥을 한껏 싸 놓고 먹을 것을 달라니. 할아버지는 양심도 없다. 엄마는 인상을 찌푸릴 법도 한데 무표정이다. 대신 나를 노려보며 복화술*하듯 입을 달싹거리며 경고했다.

"너, 저녁 먹기 전에 할아버지한테 또 달고나 주면 혼날 줄 알아."

나는 벽에 걸린 할아버지의 중절모를 있는 힘껏 노려보았다. 중절모를 베란다 밖으로 던져 버릴까, 잠깐 고민했다. 중절모가 사라지면 할아버지는 작은방에서 한 발자국도 나오지 않을 테니 제법 잔인한 복수가 되겠지.

밥 먹기 전에 안 먹는다고 약속까지 해 놓고 할아버지는 날름 달고나를 입에 넣었다. 사실 달고나는 할아버지를 위한 것이 아니었다. 한승규가 달고나를 좋아한다는 정보를 입수하지 않았다면 인터넷 쇼핑으로 달고나 세트를 구입하지 않았을 것이다. 한승규에게 완벽한 하트 모양의 달고나를 만들어 주기

* **복화술** 입을 움직이지 않고 말하는 기술.

위해 열과 성을 다해 연습하는데 재주는 곰이 부리고 돈은 되놈이 가져간다*더니, 딱 내 꼴이다. 달고나 장인의 유명 블로그에 적힌 대로 매번 연습하는데도 달고나 맛은 영 별로다.

"똥이다, 똥. 언니, 똥 만지면 안 돼요."

맨 처음 달고나를 만들었을 때 할아버지가 내게 건넨 말이다. 충격이 컸다. 내가 똥손인 건 알았지만 가족 이름도 기억 못 하는 할아버지한테 똥이나 만들었다는 평가를 받다니! 수차례 연습한 끝에 모양은 이제 그럴싸하지만 맛이 관건인데 이 상태로 한승규 앞에 내놓는다는 건 불가능이다.

오후 4시, 학교에서 돌아오자마자 학원 가기 전에 짬을 내서 연습하는 건데 정성을 봐서라도 하늘은 내게 손맛이란 걸 내려 줄 때도 되지 않았나? 베이킹 소다 양 조절이 아무래도 실패인 것 같았다. 그래도 사람은 희망의 끈을 놓아서는 안 된다고, 어느 책에서 봤던 것 같은데……. 달고나 장인이 되기까지의 갈 길이 얼마나 먼지 짐작할 수 없지만 똥에서 달이, 보름달로 업그레이드되었으니 오늘은 썩소*라도 지어 봐야 하는 건가?

"이서율, 너 빨리 화장실 들어가서 청소해. 얼른!"

"왜, 내가 싼 똥도 아닌데!"

---

* 재주는 곰이 부리고 돈은 되놈이 가져간다 수고하는 사람은 따로 있고 그 일에 대한 대가는 다른 사람이 받는다는 뜻의 속담. 여기서 '되놈'은 중국 사람을 낮잡아 이르는 말.
* 썩소 '썩은 미소'의 줄임말. 입가만 올려 씁쓸하게 짓는 미소.

엄마가 내 입을 틀어막으며 머리를 들이박을 기세다. 그러더니 내 등을 화장실로 떠밀었다.

"진짜 이럴 거야, 할아버지 앞에서. 좋은 말로 할 때 들어."

할아버지는 속옷이나 바지에 실수를 하는 일은 절대 없으면서 매번 변기에 똥을 묻히곤 했다. 이쯤 되면 날 물 먹이는 건가 싶은 의구심도 든다. 그리고 변기통은 늘 내 차지다. 할아버지한테 한바탕 퍼부으려는 찰나 카톡이 왔다.

─연락할게.

한승규였다. 연락한단다. 이건 단체 톡이 아닌 나에게만 보낸 개인 톡이다. 심장이 톡 알람처럼 경쾌하게 뛴다.

"이서율, 얼른 화장실 안 들어가?"

"들어가지, 내가. 지금 들어간다, 엄마!"

나는 고무장갑을 끼고 콧노래를 부르며 세제를 세숫대야에 풀었다. 까짓것 똥 냄새가 대수랴! 무슨 수를 써서든 봉사 활동 가기 전까지 한승규가 좋아하는, 완벽한 맛의 달고나를 만들어 가야지.

"할아버지, 모자 쓰세요. 밥 먹으러 나가야죠."

방문을 열자 내 예상이 딱 맞았다. 창가에 붙어서 노을 지는 광경을 바라보고 있는 할아버지가 눈에 들어왔다. 온종일 할아버지는 작은방에서 새장 속의 새처럼 창밖만 바라보았다. 해가 져야만 아빠가 집으로 돌아오니까.

"할아버지, 밥 아줌마가 식사하러 나오시래요."

한껏 움츠러든 어깨를 하고는 내 눈치를 보는 할아버지 모습에 살짝 짜증이 났다. 잠옷 차림에 중절모를 쓴 할아버지 모습은 우스꽝스럽기 짝이 없다. 할아버지는 중절모를 차분히 고쳐 썼다. 저쯤 되면 집착이다. 할아버지는 치매에 걸리고부터 유달리 중절모랑 한 몸이 되었다. 중절모는 십여 년 전에 할아버지와 마지막으로 함께 간 여행 때 아빠가 사 드린 것이었다.

"나…… 돈 없어요."

"나도 알거든요. 엄청 맛있는 갈치조림 했어요."

나는 방을 나왔다. 물론 문을 닫지 않았다. 그래야 갈치조림 냄새가 방으로 풍겨서 할아버지가 나올 테니까. 뒤를 돌아보지 않아도 할아버지가 중절모를 만지작거리며 엄청 고민하고 있을 걸 나는 다 안다. 나는 속으로 숫자를 센다.

'하나, 두울, 셋.'

식탁 의자에 엉덩이를 내려놓자마자 할아버지가 부엌에 나타났다. 할아버지한테 엄마는 막내며느리가 아니라 밥집 아줌마다.

"할아버지, 어서 오세요. 식기 전에 맛있게 드세요."

엄마는 연기를 전공하지도 않았는데 우리 집에 할아버지가 오고 난 후 연기 실력이 나날이 늘고 있다.

"아줌마, 나 돈 없어요."

엄마가 권하는 자리에 앉으며 할아버지가 중절모를 벗었다.

할아버지가 모자를 벗었다는 것은 밥을 먹고 싶다는 뜻이다. 매번 같은 상황인데 미안해하는 기색이 역력했다.

"괜찮아요, 어르신. 이따가 아드님이 퇴근하고 밥값 준다고 전화 왔어요."

"그래요? 아줌마, 내가 꼭 밥값 주라고 할게요."

"네, 어르신이 이따가 꼭 말해 주세요. 갈치조림 드시고 싶다고 하셨다면서요? 다음부터 드시고 싶으신 것 있으면 저한테 말해 주세요."

"내가…… 아줌마한테 미안해서 그래요. 이렇게 매일 나한테 따뜻한 밥 해 주는데."

나는 이 코미디 같은 상황을 처음에는 어떻게 받아들여야 할지 몰랐다. 하지만 한 달이 지나자 그러려니 한다. 갈치 가운데 토막의 살점이 두툼하니 맛있어 보였다. 젓가락으로 살점을 집으려는데 엄마가 눈치를 줬다. 할아버지 먼저라는 무언의 압력에 나는 슬그머니 젓가락 방향을 돌렸다.

"아줌마, 우리 이태한도 갈치조림 좋아해요. 이거 나 안 먹고 우리 이태한 주고 싶은데……."

할아버지가 갈치조림 양념만 찍어 먹으며 말했다. 엄마는 그런 할아버지를 짠한 눈으로 보더니 할아버지 밥공기에 갈치 토막을 통째로 올려놓았다.

"어이구머니나! 이렇게 큰 걸."

할아버지의 외침을 깨끗이 무시하고 엄마가 웃었다.

"어르신, 이태한 씨는 매일 잘 먹고 다니니까 걱정하지 마시고 많이 드세요."

할아버지가 우리 집에 온 이유는 우리 집에 빈방이 있다는 것이었다. 24평, 우리 집보다 큰 평수에 사는 큰아버지, 작은아버지가 할 소리는 아니었다. 게다가 우리 집은 자식이 나 하나라서 식비도 크게 안 들지 않느냐는 궤변까지 늘어놓았다. 말도 안 되는 이유들은 치매에 걸린 할아버지를 맡기 싫은 큰아버지와 작은아버지의 핑계에 불과하다.

어른들 일이라 모른 척하고 있지만 막내며느리인 엄마 입장에서는 불공평한 처사가 아닐 수 없다. 난색을 표했던 엄마가 할아버지를 집으로 모시기로 한 데에는 결정적인 한 방이 있었다. 그 한 방이 엄마의 심장을 꾹욱 눌러, 잊고 있던 엄마의 감성을 스위치 온 했기 때문이다.

"미안해요, 아줌마. 우리 태한이가 엄마가 없어서…… 배가 많이 고파요. 내가 우리 태한이 옆에 있어 줘야 해요."

앞뒤 문맥도 맞지 않는 그 말 한마디에 엄마는 할아버지의 짐 가방을 챙겨 들었다. 아버지를 일찍 잃은 엄마와 돌 지나고 나서 엄마를 잃은 아빠 사이에 내가 읽어 낼 수 없는 마음이 저장되어 있는 듯했다.

날이 갈수록 모든 기억을 잃어 가면서도 어떻게 할아버지는 이태한이란 존재 하나만 손에 붙들고 놓지 않는 건지 모르겠다. 어떤 시련이 닥쳐도 내 첫사랑 한승규를 놓지 않으려는 내 마음과 같은 걸까?

　할아버지는 아빠가 집에 없으면 절대 작은방 밖으로 나오지 않는다. 그나마 식사 때만 미안해하며 방 밖으로 나온다. 나는 한승규에게 톡을 보낸다.

　—연락한다며? 죽었냐?

　너무 보채는 느낌을 주지 않으려고 뒤에 농담처럼 덧붙였다. 보내 놓고 살짝 후회가 되었지만 별수 없었다. 온 신경이 핸드폰에 쏠려서 괜히 소파에서 멀리 떨어진 장식장에 핸드폰을 두었다. 현관문 비밀번호 누르는 소리가 들리자 작은방 문이 열린다. 몸도, 정신도 온전치 않은 일흔일곱의 할아버지에게 현관문 비밀번호 누르는 소리만은 엄청 크게 들리나 보다.

　"아버지, 다녀왔습니다."

　현관에서 신발을 벗기도 전에 방문이 벌컥 열리고 할아버지가 나왔다. 할아버지가 오고부터 아빠의 퇴근 풍경은 완전히 달라졌다. 각자 하던 일을 하며 "왔어요?" 했던 엄마나 나와 달리, 할아버지는 아빠의 퇴근을 온몸으로 환영했다.

　"우리 이태한이!"

　할아버지는 앙상한 몸으로 배가 나온 아빠를 꼭 끌어안았다. 할아버지가 아빠를 얼마나 기다렸는지는 중절모를 쓰지 않고 방 밖으로 나온 것을 보면 알 수 있다. 할아버지는 작은방에서 나올 때면 잊지 않고 중절모를 챙겨 썼다.

한승규를 처음 봤을 때, 한승규는 운동장에서 야구를 하고 있었다. 베이지색 야구 모자를 쓴 모습이 무척이나 잘 어울렸다. 투수였는데 공 던지는 폼이 예술이었다. 스트라이크로 상대 타자를 잡고 나서 모자를 살짝 들어 올리는 모습에 반했다. 모자가 살짝 들릴 때마다 웃는 얼굴이 꼭 나를 향해서 미소 짓는 것 같았기 때문이었다.

"태한아, 빨리 아줌마한테 밥값 줘라."

할아버지는 아빠의 손을 끌었다. 아빠는 옷을 갈아입기도 전에 등 떠밀려 엄마 앞에 섰다. 솔직히 이때가 제일 웃기긴 하다. 연기에 능숙한 엄마와 달리 아빠 얼굴은 벌겋게 변해 가니까.

"어르신이 오늘 갈치조림 백반을 맛있게 드셨어요."

엄마는 밥집 한번 안 해 봤으면서 밥집 사장 흉내를 제법 잘 냈다. 할아버지가 우리 집에 와서 좋은 점이 있다면 인스턴트 식품을 서슴지 않고 내놓던 엄마가 제대로 된 요리를 하기 시작했다는 정도다.

"태한아, 아주머니한테 얼마냐고 물어봐야지."

할아버지가 어린아이 타이르듯 아빠한테 점잖게 한마디 했다. 아빠는 매번 하는 일인데도 영 적응이 안 되는 모양이었다. 그래도 주머니에서 지갑을 꺼내며 엄마에게 예의상 물었다. 콧구멍이 씰룩대는 것을 보니 아빠는 이 상황이 못마땅한 모양이다. 할아버지 앞에서 처음 밥값을 치렀을 때가 트라우마* 처럼 남았을 거다. 엄마가 돈을 돌려주는 줄 알았는데 싹 무시하고 엄마 지갑에 넣고는 그만이었기 때문이었다.

"아주머니, 밥값 얼맙니까?"

"만 원입니다, 사장님."

"뭐? 야, 한선화! 집에 있는 밥 차리면서 무슨 만 원씩이나 받냐?"

손을 내밀고 있던 엄마에게 할아버지가 허리 굽혀 사과했다. 그런 할아버지 모습에 아빠는 황당하다는 표정이었고 엄마는 당당하게 할아버지의 사과를 받았다.

"아줌마, 미안해요. 내가 우리 태한이한테 잘 말할게요. 내가 너무 비싼 걸 먹어서 그래요."

"아니에요, 어르신. 절대 비싼 거 아니거든요. 아드님이 밥값 주실 거니까 걱정 마세요."

나는 이 연극의 끝을 안다. 아빠는 투덜거리며 엄마 손에 만 원을 주었다. 그제야 다행이라는 듯 할아버지 얼굴에 미소가 번졌다. 할아버지 마음을 이용해서 밥값을 버는 엄마랑 매번 당하는 아빠를 구경하는 게 처음에는 재미있었지만 이제는 별로다. 맨 처음부터 엄마가 밥값을 받았던 것은 아니었다. 괜찮다고 외상값을 적겠다고 하자, 할아버지가 "나는 우리 태한이 그리 안 키웠소! 외상이라니!" 하고 호통쳤다. 엄마는 그때

---

*트라우마 정신적 외상. 사고, 재난, 전쟁, 성폭력, 학대 등 심각하게 신체적·정신적 고통을 주는 사건들로 인한 정서적 반응.

할아버지가 제정신으로 돌아온 줄 알았다고 했다.

"태한아, 내가 너무 비싼 거 먹었지?"

"아니에요, 아버지. 하나도 안 비싸요. 저 아줌마가 강도예
요, 날강도."

아빠의 말에 엄마가 눈을 흘겼다. 그러자 할아버지가 아빠
를 점잖게 타일렀다.

"그럼 못써. 좋은 아주머니야. 반찬 솜씨도 좋고."

엄마는 할아버지를 향해 엄지손가락을 추켜세웠다. 옛날에
아빠랑 엄마가 결혼하기 전, 엄마 음식을 맛보고는 결혼을 허
락했다고 한다.

"이런 음식을 만들 수 있는 사람이라면 진짜 널 사랑하는 사
람인 게다. 정성을 다해야 이런 맛을 낼 수 있을 테니."

엄마의 음식 맛은 변하지 않았다. 엄마는 한결같은 마음으
로 아빠를 사랑하나 보다. 비록 아빠가 강도라고 불러도 말이
다. 그건 그렇고 한승규는 나한테 문자 한다고 해 놓고는 왜 아
무 소식이 없을까? 연애를 시작한 친구들이 사랑은 '밀당'의
연속이고 자존심 싸움이라고 하지만, 나는 밀당이고 자존심
같은 건 나 몰라라 하고 싶은 심정이다. 나는 장식장 근처를 서
성이다 카톡을 확인했다. 한승규는 여전히 내 톡을 읽지 않은
상태였다. 괜히 서운하고 울컥한 마음에 코끝이 찡했다.

오늘 급식은 비빔밥이다. 왜 비빔밥에 부추를 넣는지 이해

할 수가 없다. 콩나물, 당근, 오이, 고기볶음, 호박, 시금치가 딱 적당하다. 시금치가 있는데 굳이 부추를 넣는 의도를 모르겠다.

"이서율, 부추 안 먹을 거면 나 줘."

규리가 방긋대며 제 숟가락을 내밀었다. 나는 규리의 숟가락에 부추를 얹었다. 키가 작고 귀여운 규리는 편식하지 않았다. 규리보다 키가 한 뼘이나 더 큰 내가 편식 대장이었다.

"이서율, 너 부추 싫어해? 이리 줘, 내가 먹을게."

한승규다. 한승규가 규리의 숟가락을 뺏더니 한입에 부추를 씹어 먹었다. 나도 모르게 인상이 찌푸려졌지만 한승규는 멋졌다. 요즘 얘가 수상하다. 그냥 남자 사람 친구에서 이탈하려고 하는 것만 같다. 내 주위를 뱅글뱅글 맴돌지 않나, 체육 시간에 기구를 대신 들어 주질 않나, 지난주에는 화장실 청소까지 도와줬다. 오늘은 내가 싫어하는 부추까지 먹어 줬다. 이건 암시다, 한승규가 나를, 나를…….

"너, 어제 왜 연락 안 했어?"

최대한 무심한 척, 지나가는 말투로 물었지만 내 속은 난리법석이었다. 언제 한승규한테 톡이 올지 몰라서 새벽까지 잠을 설쳤다.

규리가 한승규와 나를 놀란 눈으로 바라보았다. 내 말에 한승규 얼굴이 새빨개졌다. 귀까지 빨개지는 모습이 새로웠다. 한승규 입가에 붙은 초록 부추가 싱그러워 보였다. 하마터면 손을 뻗어 한승규 입가에 붙은 부추를 뜯어 먹을 뻔했다.

"앗, 미안. 봉사 활동 알아보느라고. 이서율, 봉사 활동 어디서 할 건지 정했냐?"

"뭔 소리? 네가 기다리라며?"

"그래서 내가 다 세팅했지. 당장 이번 주말부터 할 수 있지?"

"어딘데?"

어디냐고 묻기는 했지만 한승규와 함께라면 어딘들 못 갈까. 중3이 할 수 있는 봉사 활동이란 게 대충 예상 가능했다. 묵묵히 밥을 먹고 있는 규리한테 한승규가 물었다.

"최규리, 봉사 활동 아직 안 정했으면 서율이랑 같이해. 셋이 갈 수 있어. 행복마을에 있는 요양 병원인데 힘든 일은 내가 다 할게."

한승규의 새로운 면을 봤다. 우리 둘만 가자니 쑥스러웠나? 내 생각과 달리 부끄러움이 많은가 보다. 게다가 내 친구까지 챙겨 주다니! 적잖이 감동이다. 밥을 남겼는데도 배가 불렀다.

"규리야, 같이 가자. 우리 셋이 하면 봉사 활동도 지겹지 않을 거야."

머뭇거리는 규리를 향해 한승규가 고개를 끄덕였다. 나는 그런 한승규가 괜스레 자랑스러웠다. 입가를 비집고 나오는 웃음기를 감출 수가 없어서 억지 재채기를 연거푸 했다.

남은 봉사 활동 20시간이 아쉬웠다. 20시간이 지나기 전에 한승규가 나한테 고백하려나? 오늘은 기필코 최고의 달고나를 만들고 말 테다! 머릿속 가득 달고나의 황금 비율을 가늠하기 시작했다. 달고나 고수 블로그를 봤더니 달고나의 쌉싸름한 맛을 없애는 관건은 베이킹 소다 양을 잘 조절하는 것이라는 설명이 있었다. 적절한 양의 베이킹 소다를 넣었을 때 달고나 덩어리 색깔은 연베이지 빛깔에 가까웠다. 오늘은 달고나를 제대로 완성해 볼 수 있을 것 같은 예감이 들었다.

설탕과 베이킹 소다의 비율은 한승규를 사랑하는 내 마음과 나를 배려하는 한승규의 마음을 적절하게 섞는 것만큼 쉽지 않은 일이었다. 어느 한쪽이라도 지나치거나 모자라면 달고나는 쓴맛이 나니까.

뭐가 잘못돼도 한참 잘못됐다. 셋이 같이 왔으면 일도 같이 시켜야지, 나만 따로 떨어져서 급식 도우미를 맡았다. 한승규와 규리는 어르신들 산책 도우미로 뽑혔다. 도대체 어떤 기준으로 역할 분담을 나누는지 이해할 수가 없다. 혹시나 해서 간밤에 이불을 뒤집어쓰고 한승규랑 딱 붙어서 봉사하게 해 달라고 하느님, 부처님, 심지어 알라신한테도 빌었다. 기도의 대가가 이런 시련이라니!

"서율아, 내가…… 바꿔 줄까?"

규리가 미안한 얼굴로 제안했지만 나는 쿨한 척 "에이, 원칙

대로 해야지. 괜찮아." 했다. 괜한 짓이었다. 진짜 쿨하지도 못
하면서 한승규가 날 보고 있다는 것 때문에 엄청 쿨한 척했다.
그래도 그 나름 한승규한테 멋진 이미지를 보여 준 것 같아서
마음이 조금 가벼웠다.

"오오, 원리 원칙을 따르는 이서율!"

한승규는 내 대답을 듣고 규리한테 윙크까지 했다. 조리실
로 발길을 돌리는 내 등을 툭툭, 두드려 주기도 했다.

사랑요양병원 조리실은 우리 학교 급식실과 크게 다르지 않
았다. 문제는 조리실과 하나로 이어진 급식실 주위로 창밖이
훤히 보인다는 것! 창밖의 오솔길이 어르신들의 산책로였다.
나는 영양사 아줌마가 건넨 펑퍼짐한 조리복과 장화, 장갑, 위
생모를 썼다. 안 그래도 통통한 내 몸을 더욱 동그랗게 만드는
패션이었다. 거울에 비춰 본 내 모습은 흡사 유부초밥 같았다.

오늘의 점심 메뉴는 콩국수와 메밀전병이다. 가게에서 파는
콩국물을 사면 될 것을 봉사자들은 하루 종일 콩 껍질을 까고
씻고 삶느라 야단이었다. 땀이 위생복 사이를 비집고 흘렀다.
한승규한테 잘 보이려고 새벽부터 비비크림을 정성껏 발랐는
데 땀 때문에 물광 피부는 흔적도 없이 사라졌다. 콩을 씻다가
허리가 아파서 등을 펴고 일어섰다. 하필이면 창밖에 있는 한
승규랑 눈이 마주쳤다.

'아이씨, 얼굴이 엉망일 텐데.'

내 속도 모르고 한승규가 내게 손 인사를 했다. 나는 반가운

척 손을 흔들었다. 규리와 한승규는 할아버지 한 분을 나란히 부축했다. 한승규가 부축하는 할아버지가 나였으면 좋겠다. 뭐가 그리 즐거운지 한승규와 규리는 할아버지 손을 잡고 떠들고 웃어 댔다. 갑자기 아랫배가 싸하게 아파 왔다. 배가 꼬인 듯 통증이 점점 심해졌다. 배 속의 창자가 꼬이면 꼬일수록 창밖으로 함박웃음을 짓는 한승규의 표정이 점점 더 환해졌다. 그리고 그 시선 끝자락에 함께 웃고 있는 규리의 얼굴이 걸렸다.

'그냥 함께 웃는 거야, 아무것도 아니라고.'

아픈 배를 손으로 살살 문지르며 주문을 외듯 중얼거렸다. 할아버지를 부축하던 규리가 휘청거리자, 눈 깜짝할 사이에 한승규가 규리를 붙잡았다. 규리의 팔을 꼭 잡은 한승규의 손……. 한승규는 한참 동안 규리를 잡고서 놓지 않았다. 나도 모르게 꽉 움켜쥔 주먹 탓에 손바닥에 손톱자국이 톱날처럼 새겨졌다. 아팠다.

'뭐가 이렇게 많아? 누가 이 콩을 다 먹는다고!'

순간 콩이 가득한 바구니를 뒤집고 싶었으나 나는 차오르는 화를 누르며 흐르는 물에 콩 바구니를 힘차게 흔들었다. 콩 껍질이 물에 흘러 하수구로 빨려 나갔다.

전생에 나는 수라간* 무수리*였나? 국자를 쥔 손에 힘이 잔

---

* 수라간 임금의 밥을 짓던 주방.

뜩 들어갔다. 밥이라도 한승규랑 같이 먹을 줄 알았는데 배식이 끝난 다음에 점심을 먹으란다. 그 말을 들을 때 나는 영양사 아줌마를 힘껏 노려봤다. 그런데 내 눈은 생긴 모양새가 화가 나도 웃는 것처럼 보이는 게 문제다. 눈썹이고, 눈꼬리고 곡선으로 휘어져 있어서 눈에 힘을 줘 봐야 소용없었다.

"이서율, 힘들지? 그래도 더운데 너라도 실내에서 일하니 다행이다. 그치, 최규리?"

한승규의 말을 듣고 울컥했다. 하도 규리랑 얼굴을 맞대고 웃기에 잠깐 '혹시 쟤가?' 하고 의심했다. 의심은 불안증을 낳고 불안증은 마음을 병들게 하고 나 스스로를 지치게 만든다. 같이 봉사 활동을 한다고 좋아했던 게 무색할 만큼 사랑요양병원에서 같이한 일이 무엇인가 생각해 보면 아무것도 없었다. 내 머릿속에 남은 건 산책로를 나란히 걷는 한승규와 규리의 웃는 얼굴이 눈부셨다는 것뿐이었다.

"이서율 학생처럼 의젓하고 착한 학생은 처음이네."

학원 때문에 먼저 간다는 한승규의 톡을 물끄러미 보고 있는 내게 봉사 온 어른들이 칭찬을 아끼지 않았다. 내 기분은 그야말로 완전히 똥이었다. 머리가 어지러웠다. 얼굴도, 마음도, 엉망으로 찌그러지기 시작했다. 사방팔방에서 지독한 냄새가 나를 꽁꽁 싸매는 기분이었다.

* **무수리** 고려·조선 시대에, 궁중에서 청소 따위의 잔심부름을 담당하던 여자 종.

"서율아, 너 한승규랑 중2 때부터 친했었어?"

반나절 봉사 활동을 함께했다고 규리는 한승규에게 관심이 부쩍 많아진 것 같았다. 다른 때였다면 규리 말이 반가웠을지도 모른다. 내 단짝이 내가 좋아하는 애에 대해 궁금해하는 것은 내 사랑을 응원하는 사람이 있다는 것이니까. 하지만 나는 내가 몰랐던 낯선 규리를 보는 것 같아서 당혹스러웠다.

"너, 그거 아니? 승규, 규 자가 내 규 자랑 한자가 똑같아. 헤아릴 규 자를 쓴대. 놀랍지?"

나는 묵묵히 바닥만 보고 걸었다.

'그렇게 떠들지 말고 내 마음을 헤아릴 생각이나 하시지.'

한승규와 웃으며 시간을 보냈을 규리가 점점 미워지려고 했다. 나는 가방에 넣어 온 달고나를 이제야 꺼냈다. 주인에게 가지 못한 달고나가 진득하게 녹아 비닐 포장에 눌어붙어 있었다. 나는 툭, 달고나를 반으로 잘랐다. 아주 잠깐 규리에게 나눠 주지 말까 생각하기도 했다. 달고나를 받아 입안에 넣은 규리가 우물거리며 물었다.

"서율아, 너 한승규한테 관심 없어? 그냥 절친인 거야?"

"그게 왜 궁금해? 딱 보면 알잖아."

나의 역습에 규리는 당황했는지 눈을 깜짝거렸다. 이 순간만큼 나는 거짓말쟁이였다. 나 자신도 한승규의 마음을 모르는데 규리한테 딱 보면 알지 않냐고 우격다짐하다니!

"달고나 맛 어때, 규리야?"

침을 꼴깍 삼키는 규리를 빤히 바라보았다. 목으로 침을 꿀꺽 삼키는 모습이, 마치 무언가 비밀을 몰래 삼키는 것처럼 느껴졌다. 반들거리는 규리의 입술이 천천히 열렸다. 그리고 내 귓가에 또렷하게 박히는 한마디.

"서율아, 네 달고나 정말 달고 맛있어."

나는 내 손에 있는 달고나 반쪽을 넣고 우적우적 씹었다. 횡단보도 앞에서 나는 빨간 신호등을 뚫어져라 노려보았다. 내 달고나는 결코 달고 맛있지 않았다. 기분 나쁠 정도의 달큰함 끝에 쓴맛이 입안 가득 차지했다.

할아버지가 똥을 쌌다. 냄새가 지독했다. 이런 법이 없었는데 할아버지가 실수를 했나 보다. 거실 창이며 부엌 창까지 집안의 창문들이 활짝 열려 있었다.

"서율아, 화장실로 가서 청소 좀 해."

엄마는 내가 집에 들어서자마자 말했다. 주말에만 옷가게 아르바이트를 하는 엄마는 연신 벽시계를 보았다. 아무래도 아르바이트 시간에 늦은 모양이다.

"봉사하고 오느라 힘들어 죽겠는데 나한테 꼭 그래야겠어?"

타이밍이 거지 같았다. 나는 속상한 마음을 참지 못하고 괜한 엄마한테 성질을 부렸다. 엄마는 할아버지 눈치를 슬쩍 보더니 나를 향해 이를 드러냈다.

"조용히 하고 얼른 화장실로 가."

엄마는 할아버지 손을 잡고 새 옷을 갈아입으시라고 설득했다. 하지만 할아버지는 먼 산을 보며 딴소리다. 아빠랑 소풍을 가고 싶다는 거였다.

"아줌마, 우리 이태한한테 전화 좀 해 주세요. 빨리 집에 와서 나랑 놀러 가자고."

하긴 할아버지는 우리 집에 온 이후 제대로 된 외출을 한 적이 없었다. 중절모를 만지작거리는 손놀림이 점점 빨라지더니 급기야 할아버지는 울먹였다.

"아휴, 미치겠네. 이 남자는 왜 또 전화를 안 받아?"

엄마는 휴대폰을 붙들고 초조한 기색이었다. 주말이고 공휴일도 없이 일하는 자동차 딜러*인 아빠가 엄마 전화를 받았던 적이 몇 번이나 될까.

"엄마, 걱정 말고 알바 가. 내가 다 알아서 할게."

평소라면 네가 뭘 알아서 하냐고 면박했을 텐데 급하긴 급했나 보다. 엄마가 소파에 던져 놨던 가방을 움켜쥐더니 부탁한다며 뒤도 안 돌아보고 나갔다.

나는 작은방 문지방에 서서 할아버지를 바라보았다. 주황빛 노을이 주름 사이사이에 파고들었다. 쓸쓸하단 생각이 들었다. 나는 한승규 때문에 나조차도 알 수 없는 수많은 감정을 쌓아 가는데 할아버지는 수십 년 동안 차곡차곡 쌓아 놓은 기억

* **자동차 딜러** 자동차의 매입과 재판매를 전문으로 하는 사람.

들을 잃고 있었다.

"할아버지, 마음도 쓸쓸한데 우리 마트나 갈래요?"

할아버지는 대답이 없었다. 중절모 끝자락을 만지작거릴 뿐.

"소풍 가요. 달이 만들어 줄게요."

나는 돈이 없다고 중얼거리는 할아버지 머리에 중절모를 슬그머니 얹었다. 매번 달고나를 얻어먹고도 돈 낼 생각조차 안 했으면서 새삼스레 별소리다. 나는 그저 어깨를 으쓱해 보이며 할아버지에게 빨리 가자며 손짓했다.

베이킹 소다를 집어 들었다. 마트의 설탕 코너를 몇 번이나 서성거렸다. 설탕도 다 떨어진 것 같아서 설탕을 고르는데 기왕이면 건강을 생각해서 황설탕을 골랐다. 엄마가 봤다면 달고나 자체가 건강과 거리가 먼데 무슨 쓸데없는 짓이냐고 했을 것이다. 건강과 다이어트에 좋다는 자일로스 설탕에 눈이 갔지만 나는 질끈 눈을 감았다.

"할아버지, 우리 아이스크림 하나씩 먹을까?"

돈 없다고 할 줄 알았는데 대답 대신 할아버지가 냉장고 앞으로 갔다. 여러 종류의 아이스크림 앞에서 할아버지는 잠깐 당황한 눈치였다. 나는 그런 할아버지가 작은 소년처럼 느껴졌다. 소년이었을 때의 할아버지도 첫사랑을 했겠지? 나는 팥 아이스크림 하나를 골라 들었다.

"내가 쏘는 거야, 할아버지. 이거 이태한 씨가 제일 좋아하는 맛.”

이태한 씨가 좋아한다는 말에 할아버지 눈매가 부드러운 곡선을 그렸다. 할아버지는 군말 없이 팥 아이스크림을 받아 들었다. 우리는 아이스크림을 입에 물고 공원을 가로지르는 산책로를 택했다. 걸음을 옮길 때마다 다리에 스치는 비닐봉지 소리가 듣기 좋았다.

“할아버지, 내가 만든 보름달이 어때? 할아버지는 돈도 안 내고 먹으면서 평가 한번 안 하더라?”

“언니 나 돈 없어요.”

“그러니까 돈 대신 내 달고나 실력이 어떠냐고? 냉정하게 말해 봐요.”

“언니 달이는……”

내 눈치를 보더니 할아버지가 입을 달싹거렸다. 아이스크림이 녹아 할아버지 구두코에 뚝뚝 떨어졌다.

“제대로 말 안 하면 앞으로 달이 안 만들어 줄 거야. 할아버지, 그래도 좋아요?”

“음, 언니. 언니 달이는 아주 단데…… 써…… 써요.”

‘엥? 달달한데 써? 그건 도대체 어느 나라 맛이냐?’

누군가에게 묻고 싶었다. 달달한데 쓴맛이라니! 어처구니 없어서 헛웃음이 나왔다.

“할아버지, 아주 달달한데 쓴맛은 없……”

내가 알지 못한다고 해서 무조건 단정 짓는 행동만큼이나 바보 같은 일이 또 있을까. 그리고 난 이미, 봉사 활동 날에 그 맛을 알아 버렸다.

한승규리.

반 아이들이 칠판에 두 사람의 이름을 하나로 묶어 장난칠 때만 해도 나는 재미있다고 웃을 수 있었다. 그런데 지금은 아니다. 이 세상에 달달하고 쓴맛은, 존재한다.

"이서율!"

한승규였다. 사거리 코너를 돌아가려는데 한승규가 잠깐 이야기할 수 있냐고 제법 심각한 얼굴로 물었다. 할아버지는 내 곁에 찰싹 달라붙었다. 우리 할아버지란 말에 한승규가 예의 바르게 인사를 드렸다. 우리는 근처 편의점으로 향했다. 할아버지는 옆 테이블에 앉혀 두고 내 시야에서 벗어나지 않을 딱, 그만큼의 거리에서 나는 한승규와 이야기를 나눴다.

"하고 싶다는 말이 뭔데?"

순간, 규리가 했던 말이 떠올랐다. 자신의 규와 승규의 규 자가 똑같다는 말.

"나 좀 밀어주라, 서율아."

"뭐…… 뭘?"

"나, 최규리한테 관심 있어. 규리, 네 친구잖아. 네가 말 좀 잘 해 줘, 응?"

한승규가 나를 보고 웃었다. 멋쩍은* 웃음이었다. 내 두 눈을 힘껏 찌르고 싶었다. 하지만 나는 내 눈의 고통마저 이기지 못하는 나약한 인간이었다. 한승규가 진심을 담아 고백하고 있었다. 내가 한승규를 하루 이틀 알고 지냈나. 나를 향해 웃는 저 얼굴…… 저 미소는 그동안 나에게 보여 줬던 미소랑 질적으로 달랐다. 완벽하게 나는 이 애의 첫사랑이 될 수 없음을 드러내는 미소였다.

'아, 그렇게 웃지 말란 말이야!'

아무리 악을 써 본들 가슴 안에서 맴도는 나의 바람은 한승규의 귀에 닿지 못한다.

"첫사랑이야."

최규리가 자신의 첫사랑이라고 똑똑히 밝히는 한승규를 보며 화나고 실망하고 속상하고 슬프고 그러다가 아무렇지 않은 척 내 마음을 위장하는 허세를 부리고 싶었다. 내가 만약 스무 살이었다면, 서른이었다면, 내 첫사랑이 실패로 돌아갔어도 의연할* 수 있을까.

"이서율, 응? 도와주라. 부탁한다."

나는 묵묵히 발길을 돌렸다. 아직 한참이나 남은 아이스크림은 쓰레기통에 던져 버렸다. 그런 나를 보더니 할아버지도 한입이면 다 먹을 양의 아이스크림을 쓰레기통에 밀어 넣었다. 집으로 빨리 가야 하는데 발길이 떨어지지 않았다. 한승규

* **멋쩍다** 어색하고 쑥스럽다.
* **의연하다** 의지가 굳세어서 끄떡없다.

는 제 할 말을 하고 사라진 지 한참이나 되었는데, 나만 제자
리다.

"할아버지…… 나는 내가 너무 싫어."

밑도 끝도 없는 말이었다. 그런데 가만있다간 눈물이 날 것
같았다. 마음속에서 나도 통제하지 못할, 이름조차 달아 주지
못할 감정들이 소용돌이쳤다.

"왜요, 언니?"

"태어나서 처음 좋아한 애한테 사랑받지 못하는 내가……
나는 좋아하는 마음을 걔한테 아직 보여 주지도 못했는
데……. 정말 내가 싫어."

"나쁜 말이에요."

나는 두 눈을 부릅떴다. 그리고 내 사랑이 실패라는 것을 똑
바로 보기로 결심했다. 그래야 포기가 빠를 테니까. 눈물이 나
올까 봐 겁이 났다. 얼굴이 일그러질 정도로 눈에 힘을 줬다.
미간이 종잇조각처럼 구겨졌다. 그래 봤자 또 눈이 스마일로
안 처지면 다행이지.

"아프면 울어도 돼요. 이태한이, 우리 아들이 아프면 참지
말고 울어도 된대요."

다른 사람은 몰라도 할아버지 앞에서는 절대로 울지 않을
거다. 당신 나이도 헷갈려 하는 사람 앞에서 울다니, 왠지 양심
도 없는 애처럼 느껴졌다.

할아버지가 내 손을 잡아끌었다. 아이스크림이 녹은 탓에

손이 끈적거렸다. 집으로 돌아가는 길은 후텁지근했다. 몸은 점점 늘어지고 보폭은 점점 짧아졌다.

한승규리는 되는데 한승규와 나, 이서율 사이는 어떻게 해도 이어질 수 없는 것이다. 좋아해 달라고 떼를 쓴 것도 아니고 그냥 내가 좋아하는 동안, 내가 아닌 그 누구도 좋아하지 않는 상태로 있으면 안 되는 것일까? 너무 이기적인 욕심 탓에 나는 벌을 받고 있는 건가?

횡단보도만 건너면 우리 아파트 단지다. 할아버지가 내 앞을 가로막았다. 천진난만한 얼굴로 환하게 웃고 있었다. 내 가슴엔 커다란 구멍이 뚫려 버렸는데 할아버지는 이토록 시원하게 웃고 있다니! 얄미워지려고 한다. 나에게 부탁한다던 한승규의 웃는 모습이 떠올라 더욱 속상했다. 내 마음 따위는 이해받지 못하고 외면당했다고 생각하니, 심장이 조각나는 기분이었다.

"할아버지, 그만 웃어. 안 그러면 달이 안 만들어 줄 거야."

신호가 바뀌고 나는 성큼 도로를 향해 발을 뻗었다. 신호를 무시하고 횡단보도를 쌩하니 지나쳐 가는 자동차에 놀랄 법도 한데 내 심장은 더한 충격을 받은 터라 꿈쩍도 않는다.

할아버지가 내 눈치를 보며 슬금슬금 따라왔다. 내 뒤를 졸졸 따라왔는데 어느새 은근슬쩍 내 옆에 나란히 걷는다. 일부러 부동산 옆 지름길을 놔두고 문구점을 에둘러 가는 길을 택했다. 달큰한 냄새가 풍겼다. 달고나 아저씨가 나와 있었다.

초등학생으로 보이는 아이들 서너 명이 쪼그리고 앉아 달고나 만드는 과정을 구경하고 있었다.

'그래, 맞아. 이서율, 넌 단것 별로 좋아하지 않았잖아.'

사랑에 빠진 동안 나는 나를 잊고 있었다. 난 단것보다는 언제나 짭조름한 것을 입에 넣었다. 과자도 초콜릿을 바른 것보다 짭조름한 치즈 맛이나 감자칩이 좋았다. 그렇게 짠맛을 선호하더니 눈물 짤 일만 생긴 것인가? 내가 짭짤한 것을 좋아한다는 건 내 인생의 암시였나? 조만간 내가 돕지 않아도 한승규는 제 스스로 규리에게 좋아한다고 고백할 것이다. 숨을 못 쉬겠다.

달고나 아저씨가 문구점 앞에 나타났을 때, 한승규가 달고나 마니아라는 정보를 입수했을 때, 나는 저 달고나 향기가 세상 그 어떤 냄새보다 좋았다. 그리고 한승규가 좋아하는 것을 내 손으로 직접 만들어 주고 싶었다. 그 마음은 곱고 예뻤다고 믿는다. 지금도 그 마음만은 가짜가 아니었다고, 그 마음만은 함부로 생각하지 않기로 다짐했다.

세수를 하고 옷을 갈아입고 부엌으로 가기 전에 작은방으로 향했다. 할아버지는 또 창문에 딱 붙어서 하늘을 올려다보고 있었다. 아빠를 기다리는 시간이었다.

"할아버지, 달이 만들 거야."

할아버지가 천천히 나를 돌아봤다. 나는 '이번이 마지막이야.'라는 말은 하지 않았다. 할아버지는 잠옷 차림에 중절모를 쓰고 내 뒤를 따라 방에서 나왔다.

식탁 앞에 허리를 꼿꼿이 세우고 앉은 할아버지는 전처럼 콧노래를 흥얼거리지 않았다. 국자를 손에 들고 나도 더 이상 할아버지 콧노래 소리에 맞춰 설탕을 나무젓가락으로 휘젓지 않았다. 그저 묵묵히 습관적으로 나무젓가락을 움직였다. 문제의 베이킹 소다 양을 줄이기 위해 아주 조심스럽게 젓가락 끝에 콕 찍었을 뿐이었다. 국자 안에서 달고나 덩어리가 서서히 제 빛깔을 드러낼 즈음, 아주 오래전 익숙하게 들렸던 목소리가 내 마음을 쓸어 주었다.

"너는 좋은 애야."

치매를 앓기 전, 할아버지 목소리 같았다. 그래서 나는 국자를 휘젓던 손을 멈추고 할아버지를 흘끔 쳐다봤다.

"아뇨, 나는 내가 세상에서 제일 미워. 싫어."

"그러지 마요. 너는 좋은 애야."

"왜? 한승규는 딴 애가 좋다는데?"

내 가슴속에 단단히 동여맬 비밀을 툭, 할아버지 앞에 털어놓고 말았다. 할아버지는 한승규가 누군지도 모르면서 내 말에 또박또박 대답해 주었다.

"넌 밥 아줌마 딸이니까. 좋은 애야. 아주 좋은 애."

그래, 나는 좋은 애로 살기로 했다. 첫사랑이 실패로 끝났다고 인생이 끝난 건 아니니까. 열심히 잘 살다 보면 다음 사랑도 다가오지 않을까?

타지 않게 국자 안을 젓가락으로 잘 휘저었다. 이제 베이킹 소다 양을 잘 조절하면 끝이다. 사랑의 마음과 슬픔과 원망과 질투도 함께 휘휘 저었다. 잘 섞여서 달콤해지라고. 마지막이니 이제는 제대로 된 맛을 내는 법을 알려 줘도 괜찮지 않냐고. 제법 괜찮은 냄새가 풍겼다. 다 된 달고나 덩어리를 쟁반 위에 탁, 떨구었다. 지금까지는 성공이었다. 그 여느 때보다 연한 베이지색 덩어리가 먹음직스러웠다. 할아버지가 내 곁에 서서 달고나가 만들어지는 국자를 들여다본다.

"언니는 이름이 뭐예요?"

이제 나는 할아버지의 언니 소리에도 짜증을 내지 않게 되었다.

"내 이름은 이서율."

"이서율, 참 예쁜 이름이네."

예쁜 것이 당연했다. 할아버지가 지어 준 이름이니까. 나는 할아버지에게 모양 틀을 고르게 했다. 매번 별 모양을 고르던 할아버지에게 안 된다고 억지로 하트 모양의 틀만 선택하게 했던 내 모습이 떠올랐다. 나는 별 모양 틀을 손에 집어 들었다. 그러자 할아버지가 고개를 가로저었다.

"저거요, 사랑 모양."

하트가 제대로 찍혔다. 달고나 덩어리에 너무 깊지도 얕지도 않게.

나는 완성한 달고나를 나무젓가락에 꽂아 할아버지 손에 건

넸다. 반말로 대화한다지만 할아버지는 할아버지다. 찬물에도 위아래가 있지, 달고나도 할아버지가 먼저다. 할아버지가 달고나를 수줍게 받아들었다. 돈 없어도 괜찮다는 눈짓을 했다. 할아버지는 달고나를 한 입 빨아 먹더니 나를 보고 속삭였다. 주름진 입술이 달달한 빛으로 물들었다.

우리는 달고나를 함께 깨물었다. 나는 울었고 할아버지는 웃었다. 기묘한 일이었다. 첫사랑을 잃은 내가 우는 것은 당연했다. 그러나 더한 것을, 모든 기억을 깡그리 잊어버린 할아버지가 저토록 환하게 웃는 것은 반칙이었다. 크게 잃었다면 더 크게 울어야 맞는 것이 아닐까?

"내 이름은 이관웅이에요. 우리 아들은 이태한."

시계가 오후 4시를 가리키고 있었다. 다음에 달고나를 만들 때면 내가 아는 이관웅 할아버지에 대해 이야기해 줘야겠다. 이관웅 할아버지가 다섯 살 때 나를 얼마나 많이 업어 줬는지, 연 날리는 방법을 어떻게 가르쳐 줬는지, 그리고 첫사랑에 실패한 내 마음을 어떻게 위로해 줬는지를 말이다.

1. 소설 속에서 서율이 겪은 일들을 시간 순서대로 정리하면 다음과 같다.

> ① 승규, 규리와 함께 봉사 활동을 하기로 함.
> ② 서율만 따로 급식 도우미를 맡음.
> ③ 승규와 규리가 함께 웃는 모습을 봄.
> ④ 승규가 규리를 좋아한다는 사실을 들음.
> ⑤ 할아버지와 달고나를 만듦.

● 각 사건에서 서율은 어떤 기분이 들었을까? 서율이 느낀 긍정적이거나 부정적인 감정을 그래프 위에 점으로 찍고, 점 옆에는 서율의 구체적인 기분을 적어 보자. 그리고 각 점을 연결해서 감정 곡선으로 나타내 보자.

<서율의 감정 곡선>

```
긍정          ● 기쁘고 기대됨.


──────────────────────────────────→ 시간


부정
```

2. "너는 좋은 애야."라는 할아버지의 말에 서율이 어떤 위로를 받았을지 적어 보자.

_____

_____

_____

_____

3. 서율, 승규, 규리가 주말을 보내고 다음 날 학교에 가서 서로 어떻게 대하고 행동할지 상상해 뒷이야기를 이어서 써 보자.

4. 삶에서 성장한 경험을 떠올리며 다음에 답해 보자.

❶ 내가 성장했다고 느낀 순간을 떠올려 보자. 언제 자신이 성장했다고 느꼈는지, 왜 그렇게 생각하는지, 성장의 경험 이후에 생각이나 행동에 어떤 변화가 있었는지 구체적으로 떠올리며 적어 보자.

❷ 소설의 제목 '오후 4시, 달고나'처럼 내가 성장했던 그날의 경험을 시간과 맛으로 표현해서 제목을 지어 보고, 그 이유를 적어 보자.

제목:

이유:

커튼콜

조
우
리

조우리

소설가. 2011년 단편소설 「개 다섯 마리의 밤」으로 대산대학문학상을 수상하며 작품 활동을 시작했다. 주요 작품으로 『라스트 러브』 『내 여자친구와 여자 친구들』 『팀플레이』 『이어달리기』 『당신의 자랑이 되려고』 등의 소설이 있다.

✦ 읽기 전에 ✦

공연이 끝나고 막을 내릴 때 관객들은 무대 위로 힘찬 박수를 보냅니다. 이때 퇴장했던 배우가 다시 무대에 올라 관객들의 박수를 받으며 인사를 나누고는 하는데, 이 시간을 커튼콜이라고 하지요. 여기, 무대에 올라 연기하는 배우가 되기를 간절히 꿈꾸는 소녀 은비가 있습니다. 꿈을 향해 열심히 달려가지만 때로는 과거의 상처가 떠올라 움츠리기도 하고, 자신의 재능을 의심하기도 하고, 다른 사람의 시선을 의식해서 한없이 작아지기도 합니다. 은비는 커튼콜을 무사히 해낼 수 있을까요? 주인공을 응원하는 마음으로 작품을 감상하면 더욱 재미있을 거예요.

연극부가 반년 동안 준비한 창작 연극 「파도」의 막이 올랐다. 은비는 주인공을 맡아 무대에 섰다. 객석에 앉은 사람들의 기대 어린 시선이 자신을 향해 모이는 것이 은비에게 생생히 느껴졌다. 이제 은비는 바닷가 마을에서 서퍼*를 꿈꾸는 소녀 '루나'가 되어야 했다. 마음속에 일렁이는 불안을 감춘 채 연기해야 했다. 아무렇지 않다는 듯이. 중학교 연극부 정기 공연 무대에서는 절대 긴장 따위 하지 않는 당당한 천은비로. 모두의 오해 속에서.

하지만 그 순간 은비는 깨달았다. 오해받은 채로 살아도 괜찮다는 생각은 어리석은 착각이었다. 해명하는 과정이 괴롭다고 해서 그대로 내버려 두는 건 결코 옳은 선택이 아니었다. 은비는 뒤늦게 자신의 실수를 알게 되었지만 어떻게 해야 되돌릴 수 있는지까지는 알지 못했다. 산책을 하다가 느닷없이 날아온 공에 맞은 기분이었다. 놀라고 아파서 울고 싶었지만 지금은 그럴 수가 없었다. 이미 막은 올랐고 은비는 무대 위에 있었으

* **서퍼**(surfer) 파도타기 하는 사람.

니까. 무대에 선 배우는 연기를 해야 했다. 그건 은비도 알았다.

"왜 그래, 루나야. 무슨 고민 있어?"

루나의 친구 '아리에트' 역을 맡은 윤서가 은비에게 다가와 어깨에 손을 얹었다. 정해진 대사도 동작도 아니었다. 윤서의 얼굴에 당황한 기색*이 역력했다.* 은비가 대사를 할 타이밍을 놓쳤기 때문에 적당한 말을 급하게 내뱉은 듯했다. 윤서의 어깨 너머로 무대 밖, 대기 공간에 있는 부원들 얼굴이 보였다. 은비는 그 애들이 자신을 한심하게 볼 거라고 생각했다. 자격도 없는 천은비가 주연을 맡아서 우리 연극을 다 망치고 있다고, 그렇게 비난하는 목소리가 들리는 것만 같았다.

부원들 사이에는 연출을 맡은 혜원도 있었다. 은비와 혜원의 눈이 마주쳤다. 혜원이 은비를 향해 손을 흔들며 입 모양으로 외쳤다. 얼른 시작해, 괜찮아!

은비는 고개를 돌려 객석을 바라보았다. 연극부원들의 가족과 친구들의 얼굴이 보였다. 맨 앞줄에는 꽃다발을 든 은비 부모님도 앉아 있었다. 그리고 교장 선생님. 은비의 예술고등학교 지원서에 도장을 찍어 주어야 할 교장 선생님이 옆자리에 앉은 다른 선생님에게 귓속말을 하고 있었다. 혹시 이런 말을 하고 있는 건 아닐까. 그 유명한 천은비가 얼마나 잘하나 어디

＊ 기색 마음의 작용으로 얼굴에 드러나는 빛.
＊ 역력하다 자취나 기미, 기억 등이 환히 알 수 있게 뚜렷하다.

한번 볼까요.

막이 오른 뒤 첫 대사를 하는 대신 우두커니 서 있는 은비에게 윤서가 애드리브*로 대사를 건넨 건 사실 삼 분도 되지 않는 짧은 순간이었지만, 은비는 시간이 아주 느리게 흐르는 것처럼 느껴졌다. 은비는 물론이고 무대 위에 함께 있던 윤서, 그리고 무대 밖에서 대기하고 있던 연극부원 모두에게 그 삼 분은 지금껏 겪었던 어떤 삼 분보다도 지독히 길게 느껴졌을 것이었다.

은비는 일단 한 발을 뗐다. 그러자 연습으로 단련된 몸이 은비를 무대 앞쪽으로 밀고 나갔다. 정신 차려야지. 절대로 이 무대를 망쳐서는 안 돼. 은비가 자신을 다독이며 약속된 위치까지 걸어가자 자연스럽게 입이 열렸다. 드디어 첫 대사였다.

"파도를 타고 싶어. 아직 해 본 적 없지만 나는 내가 잘할 수 있다는 걸 알아."

*

─그 얘기 들었어?

─무슨 얘기?

---

* 애드리브(ad lib) 연극이나 방송에서 출연자가 대본에 없는 대사를 즉흥적으로 하는 일. 또는 그런 대사.

―예고 지원서 말이야, 부별로 한 사람만 쓸 수 있대. 교장이 도장을 한 사람씩만 찍는대.

그 소문은 「파도」의 주인공을 정하는 오디션 날 아침에 퍼졌다. 연극부 단체 메시지방은 금세 소란스러워졌다. 처음 메시지를 남긴 부원은 미술부인 친구에게 들었다면서 벌써 합창부도 댄스부도 소식을 듣고 난리가 났다고 전했다.

―그런 게 어딨어?
―우리 교장이 예체능 완전 싫어하잖아. 지원서 다 자르라고 했대.
―한 사람이면 누구만 된다는 거야?
―부장인가?
―미술부는 대회 입상한 결과로 결정할 거 같대.
―그럼 우린 이번 정기 공연 주인공 아닐까?

은비가 등굣길에 확인한 메시지는 거기까지였다. 일과 시간 동안 스마트폰은 사용 금지였다. 교실에 들어서면 스마트폰을 제출해야 했다. 조회 시간에 담임 선생님이 걷어서 교탁 아래 자물쇠 달린 상자에 넣어 두었다가 종례를 마친 다음 돌려주었다. 교장 선생님의 지시 때문이었다. 교장 선생님은 학생의 본분은 공부이고 학교에서는 최선을 다해 공부에 집중해야 한다고 틈날 때마다 강조했다. 예체능 동아리보다는 심화 학습

동아리가 학생들에게 더 좋다고도. 그런 교장 선생님이라면 예술고등학교 지원을 모두에게 허락하지 않을 수도 있다고 은비는 생각했다.

연극부에서 딱 한 사람, 주인공만 지원서를 쓸 수 있다면 은비는 반드시 주인공이 되어야 했다. 예술고등학교 연극영화과에 입학하기 위해 부모님을 힘들게 설득해 겨우 허락을 받은 게 얼마 전이었다. 원서를 쓰지 못해 입학시험에 응시조차 못 하는 건 상상만으로도 끔찍했다. 은비는 오디션에서 주인공 역할을 따내고 공연을 멋지게 마쳐서 당당히 지원서에 교장 선생님의 도장을 받겠다고 다짐했다.

은비는 하루 종일 오디션 생각만 했다. 수업 시간에도 교과서 밑에 대본을 숨겨 두고 몰래 들여다보았다. 툭 치면 대사를 줄줄 읊을 수 있을 정도로 열심히 외웠다. 쉬는 시간에는 가만히 눈을 감고 머릿속으로 무대를 상상하며 무대에서 해야 할 동작들을 그려 보았다. 바닷가 마을에서 태어난 주인공 루나가 일상의 풍경이던 바다에서 다른 가능성을 발견하고 놀란 순간을, 배를 타고 그물을 던지는 일이 전부가 아니라는 걸 깨닫고 벅차오른 그 마음을 이해하려 애썼다. 마침내 파도에 올라탄 서퍼가 되었을 때, 루나는 얼마나 행복할까.

오디션은 방과 후 연극부실에서 진행될 예정이었다. 점심시간이 되었지만 은비는 긴장해서 배도 고프지 않았다. 하지만 잘 먹고 힘을 내야겠다는 생각에 급식실로 향했다. 그리고 입구에서 연극부 부장인 혜원과 마주쳤다.

"은비야, 마침 잘 만났네. 오늘 오디션 말이야, 네가 첫 번째 순서가 됐어."

"네 번째 아니었어?"

"1, 2학년 애들이 이번 오디션 포기하겠대. 3학년한테 양보해야 할 것 같다나."

지원서에 대한 소문 때문이었다. 혜원은 그건 다 핑계이고 자신이 없어서 그럴 것이라며, 신경 쓰지 말고 최선을 다하라고 은비를 응원했다.

"당연하지! 나 꼭 주인공이 될 거야."

"그래, 천은비 파이팅!"

혜원의 같은 반 친구들이 부르자 혜원은 은비에게 손을 흔들고는 멀어졌다. 은비도 웃으면서 손을 흔들어 주었다. 혜원의 앞에서는 덤덤한 척했지만 은비는 사실 많이 불안했다. 잘할 수 있을까 걱정이 되어서 밥도 잘 넘어가지 않았다. 식판에 받은 음식을 반도 넘게 남겼다. 차라리 혜원에게 솔직하게 이야기할걸 그랬나 싶기도 했다. 너무 떨린다고. 잘할 수 있을지 모르겠다고. 무섭다고.

*

혜원과 은비는 예전엔 단짝이었다. 초등학교에 입학해서 만

난 첫 짝꿍이었고, 다음 해에도 같은 반이 되면서 당연하다는 듯이 항상 붙어 다녔다. 서로의 집에도 자주 놀러 갔고 매일매일 어울려 놀았다. 은비가 아역 배우로 활동을 시작하기 전까지는 그랬다.

은비의 데뷔작인 「사슴벌레의 사랑」은 높은 시청률을 기록하며 사람들의 관심을 모은 국민 드라마였다. 주인공 '동미' 역을 연기한 배우는 '어린 동미' 역을 맡은 은비가 자신의 어린 시절 모습을 꼭 닮았다며 신기해했다. 토크 쇼에 출연한 그 배우가 자신의 어릴 적 사진을 공개하며 은비와 너무 비슷하지 않으냐고 놀라는 모습이 기사에 실려 화제에 오르기도 했다. 은비가 그의 조카라는 헛소문이 퍼지는 해프닝도 있었다.

드라마가 인기를 얻으면서 은비는 인터뷰도 하고 광고도 찍었다. 다른 드라마에도 잇달아 캐스팅되었다. 연말 시상식에서는 아역 배우상도 받았다. 하지만 그때 은비는 연기가 뭔지 잘 몰랐다. 배우라는 직업에도 별 관심이 없었다. 그저 어른들이 시키는 대로 움직이고 대본에 쓰인 그대로 대사를 외우면 칭찬을 받았다. 그것만으로 좋았다.

학교보다 촬영장에서 보내는 시간이 길어지면서 은비는 혜원과 자연히 멀어졌다. 혜원이 전학을 갔다는 사실도 뒤늦게 알 정도였다. 서운할 틈도 없었다. 길을 걸을 때면 모르는 사람들이 말을 걸어왔다. 드라마 잘 보고 있다고, 너무 잘한다고, 팬이라고. 사인을 해 달라거나 사진을 같이 찍자는 말을 들으면 어쩐지 어깨가 으쓱했다. 오랜만에 학교에 가면 처음 보는 아이들이 우르르 몰려와 은비를 둘러쌌다.

"너 일 분 만에 울 수 있어?"

"야, 일 분이면 나도 울지. 얘는 삼십 초면 눈물 바로 나올걸?"

"연예인 누구누구 봤어? 친한 연예인도 있어?"

"돈도 많이 벌었지?"

호기심 어린 질문에 은비는 그저 웃어 보였다. 대답할 말이 떠오르지 않아서였다. 아이들이 궁금해하는 것을 은비는 깊이 생각해 본 적이 없었다. 눈물 연기? 해야 하면 해야지. 연예인? 신기하긴 하지만 그저 낯설게 느껴지는 사람들인걸. 돈? 그런 건 엄마가 알 텐데. 자신이 할 수 있는 말은 아이들이 원하는 답이 아닐 것 같아서 은비는 입을 다물었다. 그러면 아이들은 은비에게 무시당했다며 화를 냈다. 건방지다고, 재수 없다고. 그렇게 수군거리는 소리를 못 들은 척하며 은비는 의연한 자신을 꾸며 냈다. 그때는 연기라는 걸 조금은 할 줄 알아서 다행이라고 생각했다.

은비는 우연한 계기로 연기를 시작했다. 은비가 부모님과 함께 찾은 쇼핑몰에서 드라마 「사슴벌레의 사랑」 1화를 촬영 중이었고, 하필 그날 카메라 리허설까지 마친 아역 배우가 급성 맹장염으로 구급차에 실려 갔다. 당황한 조연출의 눈에 띈 것이 마침 주인공 배우와 꼭 닮은 은비였다. 조연출은 감독에

게 상황을 설명하고 은비의 부모님에게 혹시 은비를 드라마에
출연시킬 생각이 있는지 물었다. 부모님은 그 역할이 주인공
의 아역인 줄도 모른 채 신기한 경험 정도로 여기고 은비에게
한번 해 보라고 권했다. 은비도 고민 없이 고개를 끄덕였다.

그러니까, 일이 이렇게 커질 줄은 몰랐다. 얼떨결에 은비는
주목받는 아역 배우로 살게 되었다. 칭찬을 받고 친절하게 대
해 주는 사람들을 만나는 건 좋았지만 그뿐이었다. 은비에게
는 더 잘하고 싶다거나 새로운 역할에 도전해 보고 싶다거나
하는 욕심이 생기지 않았다. 도무지 가속도가 붙지 않는 마음
으로 주어진 상황을 버텨 낼 뿐이었다. 원하지 않는 자리에 있
는 사람은 티가 나기 마련이어서 은비는 또래의 다른 아역 배
우들과 잘 어울리지 못했다. 여럿이 함께 대기실을 쓸 때면 혼
자 멀찍이 떨어진 구석에 있었다. 다른 아이들이 간식을 나눠
먹거나 서로 상대역을 맡아 주며 연습하는 동안에도 은비는
대본에만 시선을 고정하고 오도카니 앉아 있을 뿐이었다.

그러다 한번은 갑자기 대기실의 불이 다 꺼졌다. 정전인 줄
알았는데 노랫소리가 들려왔다. 희미한 빛이 일렁이는 쪽으로
고개를 돌려 보니 누군가가 케이크에 꽂힌 초에 소원을 빌고
있었다.

"다음엔 꼭 주인공 하게 해 주세요. 꼭이요."

그때 촬영 중인 드라마의 주인공 아역은 은비였다. 생일을
맞은 아이가 다른 아이들의 박수를 받으며 촛불을 끄는 순간,

은비는 몹시 외로워졌다. 아니, 정확히는 이미 외로웠다는 걸 그때 깨달았다.

은비가 아역 배우 활동을 한 건 딱 일 년이었다. 정확히 십이 개월. 열 살부터 열한 살까지. 계절을 한 바퀴 돌았을 뿐인데 잊히는 데에 몇 배나 되는 시간이 필요했다. 사람들은 '아역 배우 천은비'를 오래 기억했다. 왜 이제는 나오지 않느냐고, 인기가 없어진 거냐고, 혹시 무슨 일이 있었느냐는 질문 앞에서 은비는 침묵했다. 다른 모든 질문들에 그랬던 것처럼. 아무 말도 하지 않는 것 말고는 자신을 지키는 방법을 몰랐다.

급 사라진 아역 배우 천은비 근황.jpg

사진 속 은비는 체육복을 입고 운동장을 달리고 있다. 초등학교 6학년, 아역 배우를 그만둔 지 이 년이 지났을 때였다. 50미터 달리기 기록을 측정하는 중이었다. 은비는 숨까지 참

1부 · 자라는 기쁨

고, 얼굴을 잔뜩 찌푸린 채, 전속력으로 달렸다.

   └ 대박, 요즘 안 보인 이유가 있었네.

   └ 헐…… 얘 왜 이렇게 못생겨짐?

   └ 진짜 천은비 맞음?

   └ 완전 못 알아볼 뻔!

    은비의 부모님은 학교에 연락해 사진을 찍어 인터넷에 올린 사람을 찾으려고 했지만 은비가 말렸다. 체육 수업 중이었으니 아마 같은 반 학생일 터였다. 그 애의 정체를 밝히는 것은 은비에게 하나도 중요하지 않았다. 이미 사진은 온라인에서 여기저기로 퍼지고 있었으니까. 은비는 매일 포털 사이트 검색창에 자신의 이름을 입력했다. 스트레스로 폭식을 해서 살이 쪘다느니, 스태프들에게 버릇없이 굴어서 잘렸다느니, 연예인이랍시고 주변에 유세*를 떨었다느니 하는 말도 안 되는 댓글까지 굳이 하나하나 찾아 가며 읽었다. 자신에게 좋지 않다는 걸 알면서도 멈출 수가 없었다.

    마음에도 굳은살이 생기면 아픔에 무뎌질 줄 알았다. 이미 난 생채기가 아물 틈도 없이 계속 찢기는 줄도 모르고. 약을 바르고 새살이 돋게 해 주는 대신 은비는 자신의 마음이 피를 흘

---

* 유세 자랑삼아 권력이나 가진 것 등 세력을 내세움.

리는 걸 내버려 두었다. 아니, 어쩌면 상처가 더 크게 덧나기를 바랐는지도 모른다. 그렇게 곪고 썩어서 마음 같은 건 차라리 전부 없어져 버리기를. 어차피 상처가 나기 전으로는 돌아갈 수 없을 거라고 생각했기 때문이었다.

처음에는 학교를 가지 않았다. 그다음에는 집 밖으로 나가지 않았고, 또 그다음에는 방문을 잠갔다. 이불 속에 누워 스마트폰으로 인터넷 검색만 하면서 하루를 보냈다. 그런 날들이 얼마나 흘렀을까. 은비를 달래다 지쳐 울기도 하고 화까지 내던 부모님조차 은비의 방문을 두드리지 않게 된 어느 날, 은비는 발견했다. 그 댓글을.

 └ 천은비 진짜 많이 컸다. 완전 반갑네.

하나가 아니었다. 인식하고 나니 그 전에는 왜 보이지 않았는지 이상할 정도로 여러 댓글이 눈에 들어왔다. 은비를 비난하는 이상한 가짜 소문뿐만 아니라 반가워하고 궁금해하는 댓글도 많았다.

 └ 어떻게 지내나 궁금했었는데 이젠 연기 안 하나?
 └ 예전에 얘 나오는 드라마 진짜 재밌게 봤었는데.
 └ 천은비 연기 잘했는데 다시 나왔으면 좋겠다.

은비는 자신에 대한 댓글을 읽는 대신 동영상 플랫폼에서 예전에 출연했던 드라마의 영상 클립을 찾아보았다. 겨우 몇 년 전인데 영상 속 모습이 너무나 어리게 느껴졌다. 어떤 장면은 정말 자기가 맞는지 의심스러울 정도로 낯설었고, 어떤 대사는 여전히 토씨 하나 빠뜨리지 않고 또렷하게 기억할 수 있었다. 은비는 그동안 머릿속을 가득 메우고 있던 다른 사람들의 말을 몰아내고 스스로의 시선으로 과거의 모습을 들여다보기 시작했다.

'저기서 카메라를 좀 더 똑바로 봤어야 했는데.'

'저 때는 활짝 웃었으면 좋았을걸.'

'여기서 왜 또박또박 말하지 않았을까.'

자꾸만 아쉬웠다. 더 잘할 수 있었을 텐데. 다른 식으로 해볼 수도 있었을 텐데. 다른 누구도 아닌 은비 자신을 위해서. 그렇게 생각하다 보니 주저앉아 있던 마음이 일어서고, 걷고, 뛰기 시작했다. 점점 더 빠르게 달려 나갔다. 내리막길을 내달리는 것처럼 멈출 수가 없었다. 비로소 연기를 원했다. 더, 더 잘하고 싶었다. 그리고 분명히 그럴 수 있을 것 같았다. 은비는 문을 열고 나왔다. 계절이 바뀌어 있었다.

은비는 중학교에 진학하는 대신 홈스쿨링을 하며 연기 학원을 다니고 싶다고 부모님께 말했다. 마음이 조급했다. 은비와 같은 드라마에 출연했던 또래 아역 배우는 계속 연기 경력을 쌓아 이제는 청소년 드라마에 주연으로 출연하고 있었다. 성인 배우의 어린 시절을 연기하는 게 아니라 당당히 한 명의 배우로서 맡은 배역을 소화하는 모습을 보니 은비도 욕심이 생겼다.

하지만 부모님 생각은 달랐다. 은비가 연기를 하지 않기를 바랐다. 은비가 악성 댓글로 괴로워하는 동안 부모님도 은비를 처음 드라마에 출연시켰던 그날의 성급한 결정을 후회하며 하루도 편히 지내지 못했다. 앞으로 무슨 일이 벌어질지, 그 때문에 은비가 어떤 마음을 감당하게 될지 고민하지 않았던 것에 죄책감을 느꼈다. 은비는 엄마가 소리 내어 우는 모습을 처음 보았다. 아빠가 그렇게 고통스러운 표정을 보인 것도 처음이었다. 은비는 그때와 지금은 다르다고, 그때도 지금도 부모님의 잘못은 없다고 말하고 싶었다. 하지만 그저 말뿐이어서는 안 된다는 생각이 들었다. 스스로를 의심해 봐야 한다고도 생각했다. 혹시 잠깐 이러다 말면 어쩌지, 그래서 지금의 결정을 또다시 원망하게 된다면……. 분명 은비에게도 부모님에게도 더 큰 상처가 될 것 같았다.

우선 혼자 할 수 있는 일부터 해 보기로 했다. 자신을 시험하기 위한 것이기도 했다. 은비는 중학교에 입학했다. 학교를 마치면 매일 인터넷 동영상을 찾아보며 연기 공부를 했다. 드라마 대사를 받아 적으며 연습도 했다. 빽빽하게 채운 노트들이 쌓여 갔다. 연기하는 자기 모습을 스마트폰 카메라로 촬영한 다음 동영상을 보면서 부족한 점을 분석하기도 했다. 그러는 동안 은비의 마음엔 브레이크가 걸리지 않았다. 점점 더 빨리 달려 나가기만 했다. 연기 공부를 하면 할수록 재미있었다. 더 하고 싶었다. 잘하고 싶었다.

어느 날 밤에는 예전처럼 드라마 현장의 '아역 배우 천은비' 가 되는 꿈을 꾸기도 했다. 그날 은비는 꿈에서 깨고 싶지 않았다. 판타지 드라마의 주인공이 되면 좋겠다고 생각했다. 잠깐 미래로 가서 중학생이 되었다가 현재의 소중함을 깨닫고 다시 열 살 천은비로 돌아온 거라면 얼마나 좋을까 하고.

중학교 3학년, 이사를 하면서 전학 온 학교에 정기 공연을 하는 연극부가 있다는 사실을 알게 되자 은비는 더 이상 미룰 수가 없었다. 운명의 문이 나타났구나. 그러면 당장 열고 들어가야지. 신입 부원은 1학년만 받는다는 연극부 담당 선생님의 말에 은비는 전학생은 예외로 해 주어야 하지 않느냐고 매달렸다. 부장에게 직접 이야기해 보겠다고 조른 끝에 연극부실 문을 열고 들어갔더니 혜원이 있었다.

"안혜원!"

"천은비!"

그동안 잘 지냈냐는 질문도, 다시 만나니 정말 반갑다는 인사도 모두 건너뛰고 은비는 덥석 혜원의 손부터 잡았다.

"나, 연극부에 들어가고 싶어!"

혜원이 부원들을 설득해 주어서 무사히 연극부에 들어갈 수 있었다. 연극부는 일 년에 두 번, 봄과 가을에 창작 연극을 무대에 올렸다. 부원들이 직접 쓴 극본 중에서 작품을 고르고 오디션으로 배역을 정해 방학 동안 집중 연습을 했다. 은비가 연극부에 들어갔을 때에는 봄 연극 「숲을 빠져나가는 다섯 가지 방법」이 무대에 오르는 일만 남아 있었다.

은비는 혹시 단역이라도 맡을 수 있지 않을까 기대했지만 결국 소품팀 보조로 무대 장식을 돕게 되었다. 연극 중간에 숲속 나뭇잎들이 바람에 흔들리는 장면이 있었는데, 소품팀이 나무 뒤에 몸을 숨기고 가지를 흔들어야 했다. 은비는 그때 잠시 무대에 올라간 것만으로도 너무나 마음이 벅찼다. 나무 역을 맡아 가지를 흔드는 연기를 한다고 생각이 들 정도였다. 가을 연극에서는 꼭 배역을 따내겠다고 결심했다.

*

"정말 할 수 있는지 어떻게 알아?"

아리에트는 직접 만든 서프보드*를 들고 바다로 향하는 루나를 말린다. 고작 나무판자 하나를 믿고 바다에 뛰어들겠다고? 심지어 저 무시무시한 파도에 올라타겠다고? 그런 걸 네가 할 수 있다고? 아리에트는 믿지 못한다. 파도를 탄다니. 그런 건 꿈에서도 생각해 본 적이 없다. 아리에트에게 바다는 두려

＊서프보드(surf board) 파도타기에 쓰이는 판자.

움의 대상이다. 파도가 언제 거칠어질지는 아무도 예측할 수 없으니까. 그러니 루나의 행동은 무모하고 위험하게만 보인다. 아리에트는 사랑하는 친구를 위험에 빠뜨리고 싶지 않다.

"난 알 수 있어! 우리가 해낸 모습이 벌써 보이는걸!"

루나는 아리에트와 다르다. 루나에게 바다는 끝없는 탐험의 공간이고 도전을 부르는 가능성의 세계다. 그 도전이 성공한다면 무한한 기쁨이 시작되리라고 믿는다. 그러니 바다는 즐길 수 있는 곳이다. 루나의 머릿속에는 서프보드에 몸을 싣고 파도를 타는 자신의 모습이 생생히 떠오른다. 그리고 루나가 할 수 있다면 아리에트도 할 수 있다. 두 사람은 무엇이든 함께 해 온 친구다. 루나는 아리에트에게 손을 내민다.

루나가 아리에트에게 직접 만든 서프보드를 선물하며, 바다에 나가는 걸 망설이는 아리에트를 설득하는 장면이 오디션의 과제였다. 오디션에 참여하는 연극부원들은 주인공 루나와 주인공의 친구 아리에트를 모두 연기해야 했다. 심사위원은 연극부 부장이자 연출을 맡은 혜원, 그리고 「파도」의 극본을 쓴 지민이었다. 심사위원의 평가와 오디션에 참여하지 않은 부원들의 투표를 종합해 가장 높은 점수를 받은 사람이 주인공 루나 역을 맡고 나머지 배역은 심사위원들이 정할 예정이었다.

은비는 아리에트의 대사를 잘 해냈다. 모험에 대한 설렘과 기대를 품고 앞으로 나아가는 루나보다 알지 못하는 위험을 마주한 두려움 때문에 망설이는 아리에트에게 더 공감이 가기

도 했다. 그래서였을까. 은비는 마지막 루나의 대사를 틀리고
말았다. 두려워하지 말라고, 아리에트에게 용기를 주는 중요
한 대사인데 말을 끝마치기 전에 숨이 모자랐다.

"그래, 아리에트! 그러니까 너무 두려워……"

두려워하지 말라고 해야지. 이러면 정반대잖아. 여기서 끝
내면 어떡해. 루나가 아닌 은비가 되어 자신을 탓하는 동안 몰
입은 깨져 버렸다. 그다음에 이어질 대사가 입속에서 맴돌기
만 할 뿐 밖으로 나오지 않았다.

"두려워…… 두려워……"

"네, 1번 천은비. 여기까지 하죠."

지민이 은비의 오디션을 끝내기 위해 박수를 쳤다. 짝, 짝,
짝. 혜원도 따라서 박수를 쳤지만 참관하던 다른 부원들은 아
무도 박수를 치지 않았다. 작게 소곤거리는 소리가 들렸다. 은
비는 연극부실을 빠져나와 곧장 화장실로 향했다. 맨 끝 칸으
로 들어가서 계속 변기 물을 내렸다. 울음소리가 물소리에 묻
히도록.

그러니까 너무 두려워하지 마. 내가 있잖아. 두려워하지 마.
우린 할 수 있어. 할 수 있어……. 오디션장에서는 누군가가 빼
앗아 간 것처럼 사라졌던 말들이 뒤늦게 돌아와 은비의 머릿
속을 어지럽혔다. 하지만 할 수 있다고 말할수록 점점 더 작아
지기만 하는 은비의 마음은 파도 앞에서 뒷걸음질 치는 아리
에트의 목소리로 대꾸했다. 아니, 난 무서워. 못 할 것 같아.

그때 화장실로 들어오는 발소리가 들렸다.

"천은비 선배, 아역 배우 했었대."

"정말? 난 몰랐어."

"게다가 부장 선배랑 옛날부터 친구였다더라."

"어쩐지, 그래서 그랬구나."

그다음 말은 세면대 물소리에 가려 잘 들리지 않았다. 은비는 인기척이 사라질 때까지 숨을 죽이고 있다가 밖으로 나왔다. 연극부실 앞 복도에 오디션 결과가 적힌 종이가 붙어 있었다.

루나 역: 3학년 천은비.

복도에 모여 있던 연극부원들이 은비를 힐끔거렸다. 은비는 생각했다. 혜원이 높은 점수를 준 걸까. 아역 배우도 했었으니까 잘할 거라고 지민을 설득했을까. 그래도 다른 부원들은 실수한 은비를 인정하지 않았을 텐데……. 하지만 은비는 주인공을 하고 싶었다.

은비는 자기 앞에 놓인 바다의 이름이 오해라고 생각하기로 했다. 그러니 파도에 올라탄 루나처럼 열심히 연습해서 실력으로 보여 주면 될 거라고, 두려워하는 스스로를 다독였다.

*

"정말 괜찮겠니?"

은비는 엄마의 걱정스러운 목소리에 밝게 웃으며 대답했다. 괜찮다고, 잘할 수 있다고. 아빠는 말없이 은비를 바라보았다. 은비는 아빠의 손을 잡았다. 정말이라고. 오래 생각했고 자신 있다고. 그러니 믿어 달라고.

그건 준비한 대사였다. 예술고등학교 입학시험을 보게 해 달라고 허락을 구하는 딸 캐릭터가 할 만한 대사와 표정을 열심히 연습했다. 자신 있다는 말에는 아직 확신이 없었지만 오래 생각했다는 건 사실이었다. 부모님도 은비가 얼마나 진심인지 알았다. 밤늦도록 방문 밖으로 새어 나오던 불빛과 연기 연습을 하는 목소리에 담긴 은비의 마음을 더는 모른 척할 수 없었다.

은비가 「파도」의 초대권을 건넸을 때, 부모님은 활짝 웃으며 은비를 응원했다. 두 분 모두 직장에 휴가를 내고 객석 가장 앞줄에 앉아 있었다. 은비는 혹시나 부모님의 실망한 얼굴을 보게 될까 봐 두려웠다.

전체 3막으로 이루어진 「파도」의 1막과 2막에서 은비는 다섯 번의 실수를 했다. 대사 타이밍을 놓치고, 정해진 위치가 아닌 곳에 서고, 챙겨야 할 소품 없이 빈손으로 무대에 나갔다. 그럴 때마다 다른 부원들 덕분에 겨우 위기를 모면할* 수 있었다. 특히 윤서의 순발력 있는 대처가 없었더라면 연극은 중단 되었을지도 몰랐다.

2막과 3막 사이에 잠깐 쉬는 시간이 있었다. 대기실에서 은 비는 예전처럼, 구석으로 가서 대본을 들고 앉았다. 밑줄을 긋 고 형광펜을 덧칠하고 여기저기 메모를 적기까지 한 탓에 대 본은 너덜너덜한 종이 뭉치가 되어 있었다. 은비는 문득 자신 이 노력해 온 시간이 모두 하찮게 느껴졌다.

아무리 연습을 열심히 하면 뭐 해. 무대에서 제대로 하지도 못하는데. 이럴 거면 '마을 사람 1'이나 맡았어야지. 아니, 그 냥 이번에도 소품 담당이나 하는 게 나았을 거야. 루나 역은 윤 서가 했어야 해. 마음속의 말이 새어 나오지 않도록 은비는 입 술을 깨물었다. 그러고는 크게 심호흡을 했다. 이러면 안 돼. 연극은 시작했고, 아직 끝나지 않았으니까. 눈물을 참고, 3막 의 대사들을 확인해야 했다.

"야, 천은비. 너 왜 그렇게 정신을 못 차려?"

고개를 드니 지민이 팔짱을 끼고 서 있었다. 은비는 윤서에 게만큼이나 지민에게도 미안했다. 1학년 때부터 열심히 극본 을 써서 드디어 3학년 마지막 공연에 올리게 되었는데, 바보 같은 주연 배우가 다 망치고 있었으니까.

"미안해, 정말"

＊**모면하다** 어떤 일이나 책임을 꾀를 써서 벗어나다.

윤서와 지민에게뿐만 아니라 혜원에게도, 다른 부원들에게도, 은비는 미안한 마음뿐이었다. 결국 참았던 눈물이 흘러내리고 말았다.

"야, 내 말은 그런 게 아니고……"

당황한 지민이 은비에게 건넬 휴지를 찾는 사이에 다른 부원들이 은비 주변으로 모여들었다. 윤서가 다가와 은비의 어깨를 감쌌다.

"은비야, 너무 긴장하지 마. 연극은 처음이잖아. 떨리는 게 당연해."

"미안해, 내가 괜히 루나 역을 욕심내서. 네가 했어야 했는데."

"뭐? 무슨 소리야. 나 너한테 양보한 거 아니야. 네가 루나 역에 더 어울렸던 거지. 그리고 너 정말 열심히 했잖아."

윤서가 말했다. 은비가 얼마나 간절히 오디션을 준비했는지 부원들 모두 알고 있었다고. 은비와 복도에서 마주칠 때마다 항상 품에 대본을 안고 다니는 모습을 보고 다들 자극을 많이 받았다고. 그래서 오디션에서 은비가 마지막 대사를 틀렸을 때 부원 모두가 자기 일처럼 속상해하느라 미처 박수도 치지 못했다고. 지민이 은비에게 휴지를 건넸다.

"넌 내가 대본을 쓰면서 상상했던 루나 같았어. 그래서 너한테 높은 점수를 줬던 거야. 실수는 만회하면* 되니까. 그런데 네가 연습하는 동안에도 너무 자신감이 없어 보여서 걱정이었어. 그래서 난 그냥 지금이라도 너무 긴장하지 말라고 말하고 싶었는데……"

배역이 정해진 뒤로 은비는 오디션을 준비하던 때보다 더 열심히 연습했다. 그런데 대사와 동작이 익숙해질수록 오히려 헤매기만 했다. 실수하고 싶지 않아서 조심하고, 잘하고 싶어서 욕심을 내니 생각처럼 되지를 않았다. 그리고 그럴수록 은비는 홀로 연습에만 매달렸다. 혼자서 완벽하게 해내야만 다른 배우들과 호흡을 맞출 때도 잘할 수 있을 거라고 생각했는데, 그건 스스로를 오해 속에 가둬 둔 것이었을까. 은비는 눈물이 멈추지 않았다.

곧 3막이 시작되니 준비하라고 알리기 위해 혜원이 대기실에 들어왔다. 놀란 혜원에게 윤서가 상황을 설명했다.

"송지민, 너 또 시비 거는 말투로 말한 거야?"

"아니, 아니거든!"

혜원이 은비에게 다가와 손을 잡았다.

"은비야, 네가 너무 긴장한 거 같아서 다른 부원들도 조심스러워했어. 너한테 부담 갖지 말라고 더 일찍 얘기했어야 하는데 미안해. 지민이도 말을 좀 쌀쌀맞게 하긴 하지만 마음은 안 그래. 얘가 좋은 말은 대본에 다 써 버려서 말로는 못 하나 봐."

지민이 머쓱한 표정을 지었다. 다른 부원들도 한마디씩 했

＊만회하다 바로잡아 회복하다.

다. 괜히 부담을 줄까 걱정하는 마음에 응원하지도 못해 미안하다고. 은비가 정말 프로처럼 열심히 연습해서 후배들도 많이 배웠다고. 은비는 눈을 비비지 않도록 조심하면서 눈물을 닦았다.

*

"그래, 아리에트. 바다는 그냥 바다야. 우리가 지금까지 알던 그 바다. 하지만 바다에서 파도를 타겠다고 결심하면 내 안에서 새로운 바다가 생겨나. 우리가 결정할 수 있어. 그러니까 너무 두려워하지 마. 내가 있잖아."

오디션에서 실수했던 대사를 이번에는 틀리지 않았다. 은비는 루나가 되어 아리에트에게 손을 내밀었다. 윤서가 아리에트의 눈빛으로 고개를 끄덕였다.

"그래, 우린 함께야."

소품팀이 푸른 천을 흔들어 파도를 만들었다. 조명팀이 수면에 부딪치는 햇살을 표현했다. 루나와 아리에트는 각자의 서프보드 위에 엎드려 팔을 저으며 파도를 향해 나아갔다. 은비가 가장 좋아하는 장면이다. 연습을 할 때마다 이 장면에서 항상 눈물이 났다. 그 눈물을 부끄러워하며 몰래 닦아 내는 대신 다른 부원들과 이야기를 나눴으면 더 좋았을 것이다. 왜 눈물이 나는지, 루나와 아리에트는 앞으로 어떻게 살아가게 될지, 파도와 바다는 어떤 의미로 느껴졌는지에 대해서. 연극은 혼자 만들 수 없고, 연기는 혼자 하는 게 아니니까. 그래서 더 재미있으니까. 은비는 루나가 되어, 아리에트인 윤서의 얼굴을 바라보며 미소 지었다.

마을 사람들 역을 맡은 부원들이 소리쳤다.

"저기 봐, 루나와 아리에트야!"

두 소녀가 파도를 탔다.

*

막이 내리고, 객석에서 큰 박수가 쏟아졌다. 연극이 끝날 때까지 은비는 더 이상 실수하지 않았다. 하지만 무대를 내려오는 은비의 마음은 무겁기만 했다. 부원들에 대한 오해로 딱딱하게 굳었던 마음은 부드럽게 풀어졌지만 무대에서 한 실수들은 여전히 은비의 발목을 붙잡고 있었다. 그래서 대기실로 선뜻 들어가지 못하고 입구에 멈춰 서 있었다.

이대로 도망치고 싶었다. 내가 무슨 연기를 하겠다고. 제대로 하지도 못하면서. 언젠가 인터넷에서 보았던 댓글이 떠올랐다.

  ㄴ 재능이 없으면 빨리 포기해야지.
  ㄴ 연기도 못하면서 계속 매달리는 것보단 낫지.

└ 얘 말고 잘하는 애들 많잖아.

다 잊어버렸다고 생각했는데 아니었다. 은비의 마음을 무겁게 하는 말들이 순식간에 되살아나 머릿속을 채웠다. 은비는 거대한 파도에 휩쓸려 산산이 부서진 서프보드와 함께 깊은 바닷속으로 가라앉는 것만 같았다. 그 말들이 다 맞는 것은 아닐까. 지금이라도 포기하는 게 옳은 선택일까. 하지만 은비는 이대로 가라앉고 싶지 않았다. 포기하고 싶지 않았다. 실수하고 실망하더라도 팔다리를 버둥대 보고 싶었다.

그때 은비를 물 밖으로 끌어 올리는 듯한 윤서의 목소리가 들려왔다.

"은비야, 뭐 해. 얼른 가자!"

윤서는 무대 쪽으로 가고 있었다. 연극은 이미 끝났는데.

"왜 무대로 가?"

"왜긴, 커튼콜 해야지."

윤서의 뒤를 이어 다른 부원들도 대기실 밖으로 나왔다. 그리고 다시 무대로 향했다. 다 같이. 윤서는 커튼콜이 제일 좋다고 했다. 연극이 끝난 뒤 관객들이 보내는 박수에 화답하는 의미로 연극을 만든 이들이 다시 무대에 서서 객석을 향해 인사하는 시간.

"연극은 끝났지만 우리의 이야기는 아직 끝나지 않았다는 뜻이지."

무대 위에는 혜원이 이미 마이크를 잡고 있었다.

"연극부의 가을 정기 공연 「파도」를 보러 와 주셔서 감사합니다. 저는 연출을 맡은 3학년 안혜원입니다. 극본을 쓴 3학년 송지민을 소개하겠습니다."

객석에서는 끊임없이 박수가 이어졌다. 그 소리에 이끌리듯 지민이 무대 앞으로 걸어 나갔다. 그리고 고개를 숙여 인사한 뒤 한쪽으로 물러서면서 은비를 향해 팔을 뻗었다. 혜원이 은비를 소개했다.

"우리의 주인공, 루나 역의 3학년 천은비입니다."

은비가 머뭇거리자 윤서가 은비의 손을 잡고 무대 중앙으로 나갔다.

"네, 루나와 뗄 수 없는 단짝 아리에트 역 3학년 김윤서가 같이 인사하겠습니다."

이어서 나머지 배역을 맡은 부원들과 소품팀, 조명팀, 음악팀 부원들이 소개에 맞춰 앞으로 나왔다. 그리고 마지막에는 모두가 나란히 서서, 서로의 손을 잡고 인사를 했다.

은비는 그 순간, 자신이 벌써 다음 커튼콜을 기다린다는 걸 알았다. 앞으로 얼마나 많은 커튼콜이 있을까. 설레는 마음이 파도처럼 넘실거렸다. 우선은 앞으로 사흘 동안 계속될 「파도」의 남은 공연을 실수 없이 마치고 후련하게 커튼콜에 서고 싶었다.

*

「파도」의 마지막 공연이 끝나고 며칠 뒤, 이른 아침부터 연극부 단체 메시지방에 메시지가 우르르 떴다.

—지원서 루머 퍼뜨린 사람 누구야!
—나도 들었어! 미술부 애들은 이미 다 제출했대!
—가지고만 가면 도장 다 찍어 준다더라!

그때, 은비와 윤서, 혜원과 지민은 교장 선생님의 도장이 찍힌 예술고등학교 지원서를 들고 복도를 나란히 걷고 있었다. 곧 「파도」의 앵콜 공연이 예정되어 있었다. '아리에트' 역에는 윤서가, 그리고 주인공 '루나' 역에는 은비가 그대로 캐스팅된 채.

1. 다음은 은비에게 일어난 일을 정리한 것이다. 시간 순서에 따라 배열해 보자.

㉠ 우연한 기회로 아역 배우가 됨.

㉡ 공개 선발에 참여하여 창작 연극 「파도」의 주인공 역할을 맡아 완벽한 공연을 위해 연습에 매달림.

㉢ 무대에서 한 실수와 악성 댓글을 떠올리며 포기하고 도망치고 싶은 생각이 듦.

㉣ 자신을 반가워하고 궁금해하는 댓글을 발견하고, 예전에 자신이 출연했던 드라마 영상을 찾아서 봄.

㉤ 전학 간 학교의 연극부에 들어감.

㉥ 연기하는 자신의 모습을 마주하고 연기에 대한 열정이 생김.

㉦ 연기에 흥미를 느끼지 못하고 1년 만에 배우 활동을 그만둠.

㉧ 공연 중 여러 차례 실수를 하지만 부원들의 도움과 응원으로 힘을 내어 연극을 마침.

㉨ 인터넷에 올라온 자신의 사진에 달린 악성 댓글을 보며 상처를 받고 방 밖으로 나오지 않음.

㉩ 윤서의 부름에 무대로 나가 박수를 보내는 관객에게 인사를 하고 설레는 마음으로 다음 커튼콜을 기다림.

초등학생 때	중학생 때
㉠ → □ → □ → □ → □	□ → □ → □ → □ → ㉩

2. 다음 두 장면의 밑줄 친 부분을 바탕으로 은비가 자신의 문제에 대처하는 방식이 어떻게 변화했는지 적어 보자.

> · 마음에도 굳은살이 생기면 아픔에 무뎌질 줄 알았다. 이미 난 생채기가 아물 틈도 없이 계속 찢기는 줄도 모르고. <u>약을 바르고 새살이 돋게 해 주는 대신 은비는 자신의 마음이 피를 흘리는 걸 내버려 두었다.</u> 아니, 어쩌면 상처가 더 크게 덧나기를 바랐는지도 모른다. 그렇게 곪고 썩어서 마음 같은 건 차라리 전부 없어져 버리기를. 어차피 상처가 나기 전으로는 돌아갈 수 없을 거라고 생각했기 때문이었다.
>
> · 마음속에 일렁이는 불안을 감춘 채 연기해야 했다. 아무렇지 않다는 듯이. 중학교 연극부 정기 공연 무대에서는 절대 긴장 따위 하지 않는 당당한 천은비로. 모두의 오해 속에서.
> 하지만 그 순간 은비는 깨달았다. <u>오해받은 채로 살아도 괜찮다는 생각은 어리석은 착각이었다. 해명하는 과정이 괴롭다고 해서 그대로 내버려 두는 건 결코 옳은 선택이 아니었다.</u>

3. 다음 '작가의 말'을 참고하여 은비의 입장이 되어 연기를 반대하는 부모님을 설득하는 편지를 써 보자.

일찍부터 작가가 되고 싶었던 나는 청소년 시절 자주 '재능'이라는 말이 무겁게 느껴져서 울고 싶은 때가 많았다. 그 시절의 나에게 지금 내가 알고 있는 것을 전해 줄 수 있다면 얼마나 좋을까. 막연한 재능보다는 선명한 재미를 따라가라고. 자신이 원하는 것을 분명히 아는 천은비의 이야기를 읽어 주신 독자 여러분께도 같은 말을 전하고 싶다. 우리는 우리가 행복해지는 방법을 이미 알고 있다고.

— '작가의 말' 중에서

부모님께,

4. 다음은 연극과 관련된 단어이다. 알맞은 단어를 넣어 십자말풀이를 완성해 보자.

연출　　대본　　무대　　막　　연기　　희곡	

1	2		3
4		5	

◆ 가로말 풀이

1. 노래, 춤, 연극 따위를 하기 위하여 객석 정면에 만들어 놓은 단.

3. 연극의 단락을 세는 단위. 한 막은 무대의 막이 올랐다가 다시 내릴 때까지로 하위 단위인 장으로 구성된다.

5. 연극이나 방송극 따위에서, 각본을 바탕으로 배우의 연기, 무대 장치, 의상, 조명, 분장 따위의 여러 부분을 종합적으로 지도하여 작품을 완성하는 일.

◆ 세로말 풀이

2. 연극의 상연이나 영화 제작에 있어서 기본이 되는 글.

4. 공연을 목적으로 하는 연극의 대본.

5. 배우가 배역의 인물, 성격, 행동 따위를 표현해 내는 일.

내 이름은 백석

유은실

유은실

동화 작가, 소설가. 1974년 서울에서 태어났다. 2005년 첫 동화 『나의 린드그렌 선생님』을 펴냈다. 주요 작품으로 동화 『마지막 이벤트』 『내 머리에 햇살 냄새』 『일수의 탄생』 『드림 하우스』, 소설 『변두리』 『2미터 그리고 48시간』 『순례 주택』 등이 있다.

✦ 읽기 전에 ✦

어린 시절 친구들과 즐겁게 뛰어놀았던 놀이터에 다시 가 본 적이 있나요? 커다랗게 느껴졌던 놀이터가 이제는 작게 느껴지지 않았나요? 우리는 시간이 흐르고 여러 사건을 겪으며 주변 사람이나 세상을 바라보는 생각과 태도가 변하기도 합니다. 자신이 원하는 방향으로 변할 때도 있지만 그렇지 않을 때도 있지요. 원치 않는 변화의 순간들까지 잘 느끼고 받아들일 때 한층 성숙해지는 자신을 발견할 수 있습니다. 아빠를 바라보는 '나'의 생각과 태도 변화에 주목하면서 다음 소설을 읽어 보세요. 성장한다는 것의 의미가 무엇인지 되새겨 보기를 바랍니다.

내 이름은 백석이다. 우리 아빠가 지어 줬다. 아빠는 시장에서 닭집을 한다. 별명은 '닭대가리'다.

나는 아빠 별명이 싫다. '닭대가리'는 무식한 사람을 얕잡아 보는 말이기 때문이다. 하지만 아빠는 이 별명을 싫어하지 않는다. 시장 아저씨들이 "어이, 닭대가리." 하고 부르면 "꼬끼오." 하며 벙긋 웃는다.

아빠 별명이 그렇게 된 가장 큰 이유는 닭집 이름에 있다. 우리 가게 이름은 '대거리 닭집'이다. '큰거리 시장'에 있으니까 그냥 '큰거리 닭집' 하면 좋았을 텐데, 아빠가 큰 대(大) 자로 바꾸면 유식해 보일 것 같아서 바꿨다고 한다. 대거리 닭집, 대거리 닭집 하다 대가리 닭집이 되고, 결국 아빠는 '닭대가리'가 되었다.

별명이 닭대가리여서 아빠는 좋다고 한다.

"사람들이 나를 닭대가리라고 불러야 스트레스가 풀리지. 우리 가게가 시장에서 제일 장사가 잘되는데 내 별명이 '용머리'였어 봐. 괜히 우리 닭이 수입산이라고 헛소문 냈을걸."

그렇게 말할 때 보면 아빠는 '용머리' 같다. 결코 닭대가리가 아니다.

아빠의 '대거리 닭집'은 좋은 닭이랑 좋은 달걀을 팔기로 유명하다. 좋은 기름을 써서 맛있게 통닭을 만드는 걸로도 소문이 났다. 아빠는 내가 태어나던 해부터 '대거리 닭집'을 해서 집도 사고, 차도 사고, 시골 할머니 집도 지어 드렸다. 안방 금고에는 내 엄지발가락만 한 금덩어리도 들어 있다.

아빠는 자꾸 "석아, 우리 집에 금덩어리 있는 거 아무한테도 말하지 마." 하고 말한다. 아빠가 자꾸 그 말을 해서, 우리 집에 금덩어리가 있다는 걸 자꾸 말하고 싶어진다.

"아빠, 왜 내 이름을 석이라고 지었어요?"

2학년이 되고 나서 내가 물었다. 학교에서 '내 이름의 뜻'을 발표하는 시간이 있었기 때문이다.

"나는 어릴 때 '이'씨들이 부러웠어. 얼마나 쓰기 쉽냐. 동그라미에 작대기 하나. 그런데 '백' 자는 얼마나 복잡하냐? 니가 이름 쓰느라고 고생할 일을 생각하니까 두 글자 이름을 지을 수가 없더라. 성을 바꿔 줄 수도 없고. 이름이라도 쉽게 쓰라고 한 글자로 지은 거야."

나는 수업 시간에 아빠가 불러 준 대로 이야기했다. 선생님이랑 친구들이 웃었다. 내 이름만 특별한 뜻이 없는 것 같아서 좀 창피했다. 하지만 곧 잊어버렸다. 내 이름의 뜻을 발표하는 시간이 그다음에는 없었기 때문이다. 나는 이름에 대해 별생각 없이 3학년이 되고, 얼마 전에 4학년이 되었다.

하지만 요즘은 이름에 대해 생각하지 않을 수가 없다. 새로 만난 담임 선생님이 내 이름을 부르면서 "천재 시인하고 이름이 똑같네." 하고 말했기 때문이다. 선생님은 '천재 시인 백석'을 좋아한다고 했다.

"백석, 누가 이름을 지어 줬지?"

선생님이 물었다.

"아빠가요."

"정말 멋진 이름이다. 선생님도 백석을 좋아한다고 전해 드려. 얘들아, 우리 언제 백석 목소리로 백석 시 들어 보자."

선생님은 내 머리를 쓰다듬으며 말했다. 새 학년 초부터 선생님한테 '머리 쓰다듬'을 받기는 처음이었다.

'천재 시인 백석? 나는 천재도 아니고 시도 잘 못 쓰는데······.'

기분이 이상했다. 좋은 건지 나쁜 건지 통 구별이 가지 않았다.

"아빠, 선생님이 백석을 좋아한다고 전하래."

나는 학교에서 오는 길에 가게에 들러서 말했다.

"아이고, 첫날부터 우리 석이가 선생님 눈에 들었구나."

"나 백석 말고, 시인 백석."

"시인 백석이 누구야?"

아빠가 생닭을 도마 위에 올려놓으며 물었다.

"나도 몰라, 천재 시인 백석이 있대."

아빠는 눈을 껌뻑거렸다. 시인 백석을 모르는 게 분명했다.

"도둑놈이 아니라 다행이다. 도둑놈보다 시인이 좋잖아."

"선생님은 아빠가 천재 시인 백석을 좋아해서 내 이름을 백석이라고 지은 줄 알아."

아빠는 또 눈을 껌뻑거렸다.

"그럼, 그냥 그렇다고 해."

"거짓말이잖아."

"괜찮아. 시인은 먹는 것도 아니잖아."

"선생님이 나한테 백석 시 읽는 거 시킬 거래. 선생님이 '아버지는 백석 시 중에서 뭘 제일 좋아하시니?' '백석 시 한번 외워 볼래?' 이러면 어떡하지?"

아빠는 닭을 내려치려다 말고, 칼 쥔 오른손을 높이 치켜든 채 가만히 나를 보았다.

"외우지 뭐."

아빠가 대답했다. 그러고는 던지듯 칼을 내려서 닭을 잘랐다.

"시집이 없잖아."

"하나 사지 뭐. 책방 가서 사 와."

아빠는 대수롭지* 않게 말했다. 만 원짜리 한 장과 바삭바삭하고 따끈한 통닭 한 쪽을 주었다.

나는 통닭을 먹으며 책방으로 갔다. 아빠가 닭집을 하면 정말 좋은 게 있다. 언제나 통닭을 먹을 수 있다는 거.

＊ 대수롭다 중요하게 여길 만하다.

나는 '큰거리 책방'에서 백석 시집을 샀다. 시집을 사서 아빠한테 다시 갔다. 아빠는 손을 닦고 앞치마를 벗고 가게 평상에 앉았다. 그리고 표지에 있는 백석 사진을 가만히 들여다보았다.

"야, 잘생겼다."

"그치 아빠?"

나는 시인 백석이 맘에 들었다. 머리 모양이 좀 촌스럽긴 하지만 얼굴이 멋졌다.

"이야, 분단에 의해 묻혀진…… 세계적인 천재 시인 백석, 나와 나타샤와 흰 당나귀. 야, 그냥 천재도 아니고 세계적인 천재란다."

아빠는 시집을 손으로 쓰다듬었다. 아빠는 바지에 물기를 한 번 더 닦고 책장을 하나하나 조심스럽게 넘겼다.

"가난한 내가, 아름다운 나타샤를 사랑해서, 오늘 밤은 푹푹 눈이 나린다…… 나린다? 내린다, 아닌가?"

아빠가 고개를 갸우뚱했다.

"아빠 맞아, 눈은 '내린다'야."

"무슨 천재 시인이 '내린다'도 모르냐."

"혹시 책이 잘못된 거 아닐까?"

"그래, 그런가 보다. 그럼 '내린다'로 바꿔서. 자, 아빠 따라 해 봐. 가난한 내가."

"가난한 내가."

"아름다운 나타샤를 사랑해서."

"아름다운 나타샤를 사랑해서."

"오늘 밤은 푹푹 눈이 나린다. 아니 내린다."

"오늘 밤은 푹푹 눈이 내린다……. 아빠, 근데 이게 무슨 뜻이야?"

아빠는 『나와 나타샤와 흰 당나귀』를 얼굴 가까이 끌어당겼다. 하도 가까이 당겨서 세계적인 천재 시인 백석 사진이 아빠 얼굴을 가려 버렸다.

"아……."

아빠가 평상 위에 책을 툭 내려놓으면서 말했다.

"그러니까…… 가난한 내가 아름다운 나타샤를 사랑해서…… 음, 그러니까 세계적인 천재 시인 백석이 나타샤…… 음, 그러니까 미국 여자를 좋아한 거야. 백석이 나타샤랑 결혼을 하려고 하는데, 돈은 없고, 세계적인 천재지만 돈이 없었나 봐. 거기다 할아버지들은 미국 여자랑 결혼을 못 하게 하거든. 집에서 나타샤랑 결혼을 반대하니까 슬픈 거지."

"아니지, 나타샤는 미국 여자가 아니지."

닭을 튀기던 엄마가 끼어들었다.

"그럼, 어느 나라 여잔데?"

"소련* 여자 같은데?"

"아냐, 미국 여자야."

"미국 여자 아니라니까! 애한테 틀리게 가르쳐 주면 어떡해!”

“그럼, 소련 여자는 맞아?”

나타샤 때문에 엄마 아빠는 말다툼을 시작했다.

“왜들 그래?”

건너편 건어물집 아저씨가 뒷짐을 지고 가게로 들어왔다.

“형님 잘 왔네. 나타샤가 미국 여자야, 소련 여자야?”

아빠가 건어물집 아저씨한테 물었다.

“나타샤? 나타샤는 러시아 여자 이름인데.”

“거봐, 소련 여자가 아니고 러시아 여자라잖아!”

아빠가 어깨를 쭉 펴고 엄마한테 큰소리를 쳤다.

그러자 갑자기 건어물집 아저씨가 웃기 시작했다.

“아이고, 이·사람아. 소련이 러시아잖아. 러시아로 이름 바꾼 지 한참 됐어. 그러게 닭이나 치지, 왜 나타샤를 찾아. 어이, 닭대가리.”

건어물집 아저씨는 아빠를 툭툭 치며 계속 “어이, 닭대가리.” 했다. 하지만 아빠는 “꼬끼오.” 하고 대답하지 않았다. 아빠 얼굴은 발갛게 달아올랐다.

아빠는 냉장실에서 닭을 꺼내다가 도마 가득 쌓아 놓고 툭툭 잘라 내기 시작했다. 엄마는 달걀 손님을 받으러 슬그머니

✱ **소련** 정식 명칭은 '소비에트 사회주의 공화국 연방'(1922~1991)으로, 유라시아 북부에 존재했던 최초의 사회주의 국가. 15개 공화국으로 이루어진 연방 국가였다가 1991년 해체되어 러시아, 우크라이나, 카자흐 등 연방을 이루었던 공화국들이 독립했다.

문밖으로 나가고, 건어물집 아저씨도 슬그머니 나갔다.

나는 가만히 아빠의 뒷모습을 보았다. 아빠가 칼을 높이 들었다 내리면 닭은 단번에 두 도막으로 갈라졌다. 아빠는 말없이 닭만 잘랐다.

아빠가 도막 낸 닭이 바구니에 가득 담겼다. 아빠는 칼질을 멈추고 숨을 길게 내쉬었다. 그러고는 뒤를 돌아 가만히 내 얼굴을 들여다보았다. 왠지 아빠 얼굴 보는 게 쑥스러웠다. 나는 슬그머니 고개를 숙였다. 아빠의 장화가 보였다. 장화 위에 떨어진 핏방울이 조르륵 바닥으로 흘러갔다.

"석아."

아빠가 나를 불렀다. 나는 고개를 들었다.

"네."

"집에 들어가서, 그 책에서 제일 짧은 시 외워. 나타샤는 외우지 마. '내린다'가 맞는지 '나린다'가 맞는지…… 아빠는 잘 모르겠으니까."

"네."

"그리고 석아, 약속 하나 하자."

"뭘요?"

"나중에 아빠처럼 닭을 자르고 살아도 말이지……. 나라 이름이 바뀔 때는 잘 알아 둬."

"네."

"그리고…… 똑똑한 친구를 한 명은 꼭 사귀어라. 아빠는

'나린다'가 맞는지 '내린다'가 맞는지 물어볼 친구가 한 명도 없다. 내 친구들은 죄다 무식해서 말이지……"

아빠 목소리는 조금 떨렸다.

"그리고 말이다. 나중에 니 자식 이름을 지을 때는 혹시 똑같은 이름을 가진 유명한 사람이 있나 잘 알아봐. 백석이 세계적인 천재 시인이어서 정말 다행이다. 잘 모르긴 하지만…… 나타샤는 좋은 시 같다."

아빠 목소리는 점점 더 떨렸다. 내 고개는 다시 아래로 떨어졌다. 나는 터벅터벅 가게를 나섰다. 엄마가 통닭 한 쪽을 주었지만 고개를 저었다.

"석아, 백석!"

아빠가 갑자기 큰 소리로 나를 불렀다. 나는 고개를 돌렸다.

"이거 봐. 여기 이 닭 보이지? 이렇게 목이 길게 달려 있는 게 신선한 거야. 닭은 내장보다 목이 먼저 상해. 그래서 외국에서 들어오는 건 다 목이 짧아. 목을 달고 들어오면 옮기다 썩을 수 있으니까. 아빠는 언제나 목 달려 있는 닭만 팔아. 아빠는 닭을 잘 알아. 닭은 언제나 목이 길게 달려 있는 게 맞는 거야."

아빠는 두 손에 닭을 하나씩 잡고, 닭 모가지를 손아귀에 쥐고 흔들었다.

아빠 입은 무거운 닭 바구니를 들 때처럼 꽉 물려 있었지만, 모가지를 잡힌 닭들은 날아갈 듯 가뿐해 보였다. 고개를 치켜들고, 팔을 번쩍 들어올린 아빠는 정말 컸다. 우리 대거리 닭

집은 닭 모가지를 깃대*처럼 쥐고 흔드는 우리 아빠로 가득
찼다.

　나는 그 순간 천재 시인 백석의 시집을 흔들며 환하게 웃어
야 한다는 생각이 들었다. 하지만 내 입도 내 손도 말을 듣지
않았다. 나는 그저 입을 다문 채 백석 시집을 손에 땀이 나도록
쥐고 있을 뿐이었다.

---

* **깃대** 깃발을 달아매는 장대.

1. 인물의 성격은 말이나 행동, 생각을 통해 드러난다. 이 작품에서 석이 아빠의 성격이 드러난 말과 행동을 찾아보고 어떤 성격인지 파악해 보자.

아빠의 말과 행동	아빠의 성격
"나는 어릴 때 '이'씨들이 부러웠어. 얼마나 쓰기 쉽냐. 동그라미에 작대기 하나. 그런데 '백' 자는 얼마나 복잡하냐? 니가 이름 쓰느라고 고생할 일을 생각하니까 두 글자 이름을 지을 수가 없더라. 성을 바꿔 줄 수도 없고. 이름이라도 쉽게 쓰라고 한 글자로 지은 거야."	쉽고 단순한 걸 좋아한다.

2. 석이 아빠의 별명은 '닭대가리'다. 평소에 이 말을 들었을 때와, 평소와는 다른 상황에서 이 말을 들었을 때 아빠의 심리가 각각 어떠했을지 적어 보고, 그 이유도 써 보자.

상황	아빠의 심리와 그 이유
평소에 사람들이 닭대가리라고 불렀을 때	
소련과 러시아를 구별하지 못해 건어물집 아저씨가 닭대가리라고 불렀을 때	

3. 석이의 입장이 되어서 다음 질문에 답해 보자.

❶ 평소에 아빠를 어떤 사람이라고 생각했나요?

----

❷ 마지막 장면에서 석이는 아빠를 보면서 환하게 웃지 못하고 그저 입을 다문 채 백석 시집을 손에 땀이 나도록 쥐고 있었습니다. 그때 석이는 왜 그런 행동을 취했을까요?

----

❸ 마지막 장면에서 석이가 아빠에게 하고 싶었던 말은 무엇일까요?

----

4. 다음 대화를 살펴보고 〈보기〉에서 알맞은 단어를 찾아서 괄호 안에 넣어 보자.

> 보기 ▶　　모양　　소리　　움직임　　의성어　　의태어

선생님: 오늘은 의성어와 의태어를 배울 거예요. 의성어는 사람이나 사물의 (　　　　)를 흉내 낸 말로, 예시로 '멍멍', '우당탕'과 같은 단어가 있어요. 의태어는 사람이나 사물의 (　　　　)이나 (　　　　)을 흉내 낸 말로, 예시로 '엉금엉금', '살랑살랑'과 같은 단어가 있어요. 다음 문장에서 의성어와 의태어를 찾아볼까요?

민수: '꼬끼오'는 (　　　　)이고, '벙긋'은 (　　　　)입니다.

선생님: 맞아요. '꼬끼오'는 수탉의 우는 소리를 흉내 낸 말이고, '벙긋'은 입을 조금 크게 벌리며 소리 없이 가볍게 한 번 웃는 모양을 흉내 낸 말이에요. 작품 속에 쓰인 의성어와 의태어를 더 찾아볼까요?

나: _____

_____

_____

자전거 도둑

박
완
서

박완서

소설가. 1931년 경기도 개풍에서 태어나 1938년 서울로 이주했다. 서울대 국문학과에 입학했으나 한국 전쟁으로 학업을 중단하였다. 1970년 『여성동아』 장편소설 공모에 『나목』이 당선되어 등단하였다. 2011년 세상을 떠났다. 주요 작품으로 중·단편 소설 「부끄러움을 가르칩니다」 「엄마의 말뚝」 「그 가을의 사흘 동안」 「나의 가장 나종 지니인 것」, 장편소설 『미망』 『그 많던 싱아는 누가 다 먹었을까』 등이 있다.

✦ 읽기 전에 ✦

'악마의 속삭임'이라는 말을 들어 본 적이 있나요? 악마는 좋지 않은 길로 이끄는 유혹을 비유적으로 표현한 말입니다. 유혹은 달콤하지만, 선택에 따르는 책임과 대가가 분명히 있지요. 여러분도 머리로는 옳은 길을 선택해야 한다는 것을 알지만, 순간의 유혹에 빠져 잘못된 선택을 해 후회한 적이 있나요? 우리는 저마다 자신이 정한 삶의 기준에 따라 살아갑니다. 시골에서 서울로 온 순박한 소년, 수남은 어떤 삶의 기준을 만들어 나가게 될까요? 수남의 행동에 공감하거나 반박하면서 작품을 감상해 보세요.

수남이는 청계천 세운상가 뒷길의 전기용품 도매상의 꼬마 점원이다.

　수남이란 어엿한 이름이 있는데도 꼬마로 통한다. 열여섯 살이지만 볼은 아직 어린아이처럼 토실하니 붉고, 눈 속이 깨끗하다. 숙성한 건 목소리뿐이다. 제법 굵고 부드러운 저음이다. 그 목소리가 전화선을 타면 점잖고 떨떠름한 늙은이 목소리로 들린다.

　이 가게에는 변두리 전기 상회나 전공*들로부터 걸려 오는 전화가 잦다. 수남이가 받으면,

　"주인 영감님이십니까?"

하고 깍듯이 존대를 해 온다.

　"아, 아닙니다. 꼬맙니다."

　수남이는 제가 무슨 큰 실수나 저지른 것처럼 황공해하며 볼까지 붉어진다.

　"짜아식, 새벽부터 재수 없게 누굴 놀려. 너 이따 두고 보자."

---

* **전공** 전기 장치의 설치 및 수리 따위의 작업에 종사하는 직공. 전기공.

이런 호령이라도 들려오면 수남이는 우선 고개를 움츠려 알밤을 피하는 시늉부터 한다. 설마 전화통에서 알밤이 튀어나올 리는 없는데 말이다. 실수만 했다 하면 알밤 먹을 것을 예상하고 고개가 자라 모가지처럼 오그라드는 게 수남이가 이곳 전기 상회에 취직하고 나서부터 얻은 조건 반사다.

이곳 단골손님들은 우락부락한 전공들이 대부분이어서 성질들이 거칠고 급하다. 자기가 요구하는 것을 수남이가 빨리 알아듣고 척척 챙기지 못하고 조금만 어릿어릿하면 "짜아식." 하며 사정없이 밤송이 같은 머리에 알밤을 먹인다.

수남이는 그 숱한 전기용품 이름을 척척 알아들을 수 있을 만큼 일에 익숙해질 때까지 숱한 알밤을 먹었다.

그런데 일에 익숙해진 후에도 수남이는 심심찮게 까닭도 없는 알밤을 얻어먹는다. 이 거친 사내들은 그런 짓궂은 방법으로 수남이를 귀여워하는 것이다. 예쁜 아이를 보면 물어뜯어 울려 놓고 마는 사람이 있듯이, 이 사내들은 그런 방법으로 수남이에게 애정 표시를 했다.

"짜아식, 잘 잤냐?"

"짜아식, 요새 제법 컸단 말야. 장가들여야겠는데, 짜아식 좋아서……"

그러곤 알밤이다. 주먹과 팔짓만 허풍스럽게 컸지 아주 부드러운 알밤이다. 그러니까 수남이는 그만큼 인기 있는 점원인 셈이다.

수남이는 단골손님들에게만 인기가 있는 게 아니라 주인 영감님에게도 여간 잘 뵌 게 아니다. 누구든지 수남이에게 알밤을 먹이는 걸 들키기만 하면 단박 불호령이 내린다.

"왜 하필 남의 머리를 쥐어박어? 채 굳지도 않은 머리를. 그게 어떤 머린 줄이나 알고들 그래, 응? 공부 많이 해서 대학도 가고 박사도 될 머리란 말야. 임자*들 같은 돌대가리가 아니란 말야."

그러면 아무리 막돼먹은 손님이라도 선생님 꾸지람에 떠는 국민학생*처럼 풀이 죽어서 수남이에게 진심으로 미안해했다. 그러고는,

"꼬마야, 그럼 너 요새 어디 야학이라도 다니니?"
하며 은근히 부러워하는 눈치까지 보였다. 그러면 영감님은 딱하다는 듯이 혀를 차며,

"아니 야학은 아무 때나 들어가나, 똥통 학교라면 또 몰라. 수남이는 내년 봄에 시험 봐서 들어가야 해. 야학이라도 일류로. 그래서 인석이 그저 틈만 있으면 책이라고. 허허……"

수남이는 가슴이 크게 출렁인다. 수남이는 한 번도 주인 영감님에게 하다못해 야학이라도 들어가 공부를 해 보고 싶단 말을 비친 적이 없다. 맨손으로 어린 나이에 서울에 와서 거지

* **임자** 나이가 비슷하면서 잘 모르는 사람이나, 알고 있지만 '자네'라고 부르기가 거북한 사람. 또는 아랫사람을 높여 이르는 이인칭 대명사.
* **국민학생** '초등학생'의 옛 용어.

도 안 되고 깡패도 안 되고 이런 의젓한 가게의 점원이 된 것만
도 수남이로서는 눈부신 성공인데, 벼락을 맞을 노릇이지 어
떻게 감히 공부까지를 바라겠는가.

그러면서도 자기 또래의 고등학생만 보면 가슴이 짜릿짜릿
하던 수남이다. 처음 전기용품 취급이 서툴러 시험을 하다 툭
하면 손끝에 감전이 되어 짜릿하며 화들짝 놀랐던 것처럼, 고
등학교 교복은 수남이의 심장에 짜릿한 감전을 일으키며 가슴
을 온통 마구 휘젓는 이상한 힘이 있었다.

그런 수남이의 비밀을 주인 영감님은 알고 있었던 것이다.
수남이는 부끄럽고도 기뻤다.

그래서 수남이는 "내년 봄에 시험 봐서 들어가야 해. 야학이
라도 일류로." 할 때의 주인 영감님이 그렇게 좋을 수가 없다.
그 소리를 듣기 위해서라면 그까짓 알밤쯤 하루 골백번을 맞
으면 대수랴 싶다. 그런 소리를 자기를 위해 해 주는 주인 영감
님을 위해서라면 뼛골이 부러지게 일을 한들 눈곱만큼도 억울
할 게 없을 것 같다. 월급은 좀 짜게 주지만 그 감미로운 소리
를 어찌 후한 월급에 비기겠는가.

수남이의 하루는 눈코 뜰 새 없이 고단하지만 행복하다. 내
년 봄— 내년 봄은 올봄보다는 멀지만 오기는 올 것이다. 그리
고 영감님이 잘못 알아서 그렇지 시험 볼 때는 봄이 아니라 겨
울이다. 겨울은 봄보다 이르다.

수남이는 온종일 눈코 뜰 새 없이 바쁘게 일을 하고 밤에는

가겟방에서 숙직을 한다. 꾀죄죄한 다후다* 이불에 몸을 휘감고 나면 방바닥이야 차건 더웁건 잠이 쏟아진다.

그럴 때 "인석은 그저 틈만 있으면 책이라고." 하던 주인 영감님의 목소리가 생생하게 들려온다. 수남이는 낮 동안 책은 커녕 신문 한 귀퉁이 읽은 적이 없다. 도대체가 그럴 틈이 없다. 점원이 적어도 세 명은 있어야 해낼 가게 일을 혼자서 해내자니 여간 벅찬 게 아니다. 그래도 수남이는 혹사당하고 있다는 억울한 생각 같은 건 전연 없다. 어쩌다 남들이 영감님에게,

"꼬마 혼자 데리고 벅차시겠습니다. 좀 큰 애 하나 더 쓰셔야죠."

영감님은 그런 소리를 제일 싫어한다. 벌레라도 씹어 먹은 듯이 이상야릇한 얼굴로 상대방을 흘겨보며,

"누가 뭐 사람 더 쓰기 싫어 안 쓰나. 어디 사람 놈 같은 게 있어야 말이지. 깡패 놈이라도 걸려들어 봐. 우리 수남이가 물든다고. 이런 순진한 놈일수록 구정물 들긴 쉽거든."

얼마나 고마운 주인 영감님인가. 이런 고마운 어른을 위해 그까짓 세 사람이 할 일 혼자서 못 할까 하고 양팔의 근육이 팽팽히 긴장한다.

그런 고마운 어른이 보지도 않는 책을 틈만 있으면 본다고

---

* 다후다 광택이 있는 얇은 평직 견직물. 여성복이나 양복 안감, 넥타이, 리본 따위를 만드는 데 쓴다.

남들에게 자랑을 한 뜻은 밤에라도 잠만 자지 말고 열심히 공부해 두라는 뜻일 게다. 수남이가 그렇게 풀이한 것이다. 그런 생각을 하면 눈이 말똥말똥해지며 잠이 저만치 달아난다. 혹시나 하고 보따리 속에 찔러 가지고 온 중학교 때 교과서랑 고등학교까지 다닌 형이 쓰던 참고서 나부랭이를 이렇게 유용하게 쓸 줄은 정말 몰랐었다. 책이라야 통틀어 그것뿐이다.

주인 영감님이 심심할 때 사 본 주간지 같은 게 굴러다닐 적도 있어서 소년다운 호기심이 동하지 않는 것도 아니었지만 "인석이 그저 틈만 있으면 책이라고." 하며 주인 영감님이 가리키는 책이란 결코 이런 주간지 조각이 아닐 것이라는 영리한 짐작으로 수남이는 결코 그런 데 한눈을 파는 법이 없다. 제일 시간이 아까워서도 그렇게는 할 수 없다.

가게를 닫고 셈을 맞추고 주인댁 식모가 날라 온 저녁을 먹고 나서 혼자가 될 수 있는 시간은 거의 11시경이다.

그때부터 공부라도 해야 되는 것이다. 그러고도 수남이는 이 가게 동네의 누구보다도 먼저 일어나야 하는 것이다. 수남이의 부지런함은 이 근처에서도 평판이 자자했다.*

제일 먼저 가게 문을 열고 물뿌리개로 골목길에 물을 뿌리고는 긴 골목길을 남의 가게 앞까지 말끔히 쓸고 나서 가게 안 물건의 먼지를 떨고, 어떡하면 보기 좋을까 연구를 해 가며 다

---

* **자자하다** 여러 사람의 입에 오르내려 떠들썩하다.

시 진열을 하고 제 몸단장까지 개운하게 끝낸다. 그제야 주인 영감님이 나온다.

주인 영감님은 만족한 듯 빙긋 웃고 "짜아식." 하며 손으로 수남이의 머리를 더듬는다. 그러나 알밤을 먹이는 일은 한 번도 없었다. 따뜻하고 큰 손으로 머리를 빗질하듯 두어 번 쓸어내려 주고는, 부드러운 볼로 해서 둥근 턱까지를 큰 손바닥에 한꺼번에 감쌌다가는 다시 한 번 "짜아식." 하곤 놓아준다. 수남이는 그 시간이 좋다. 그래서 남보다 일찍 일어나야 하는 것이다.

아직은 육친애*에 철모르고 푸근히 감싸여야 할 나이다. 그를 실제의 나이보다 어려 뵈게 하는, 아직 상하지 않은 순진성이 더욱 그에게 육친애를 목마르게 한다. 주인 영감님의 든든하고 거친 손에서 볼과 턱을 타고 전해 오는 따뜻함, 훈훈함은 거의 육친애적이었고 그래서 수남이는 그 시간이 기다려질 만큼 좋았고, 꿀같이 단 새벽잠을 떨쳐 낸 보람을 느끼고도 남을 충족된 시간이기도 했다.

그 어느 해보다도 긴 겨울이 가고 봄이 왔다. 내년 봄이 아니라 올봄이 온 것이다. 캘린더엔 벚꽃이 만발해 있다. 그런데도 그 어느 해보다도 길게 해 먹은 겨울은 뭘 아직도 덜 해 먹었는지 화창한 봄날에 끼어들어 심술을 부렸다. 별안간 기온이 급강하하더니 바람까지 세차게 몰아쳤다.

＊**육친애** 부모, 형제와 같이 혈족 관계가 있는 사람들 사이의 애정. 또는 그와 같은 정.

낮 동안 떼어서 세워 놓은 가게 판자문이 요란한 소리를 내고 나자빠지는가 하면, 가게 함석지붕은 얇은 헝겊처럼 곧 뒤집힐 듯이 펄럭대고, 골목 위 공중을 가로지른 전화줄에서는 온종일 귀신의 휘파람 같은 이상한 소리가 났다.

낮에는 이 가게 골목에서 사고까지 났다. 전선을 도매하는 집 아크릴 간판이 다 마른 빨래처럼 훨훨 나는가 했더니, 곧장 땅으로 떨어지면서 때마침 지나가던 아가씨의 정수리를 들이받고 떨어졌다.

피가 아가씨의 분결* 같은 볼을 타고 흘러 흰 스웨터에 선명한 붉은 반점을 줄줄이 그렸다. 피를 보자 다 큰 아가씨가 어린애처럼 앙앙 울어 댔다.

가게마다에서 사람들이 뛰어나왔으나 아가씨를 부축해서 병원으로 달려간 것은 바람에 간판을 날린 전선 도매집 주인 아저씨였다.

사람들은 모두 치료비를 톡톡히 부담해야 할 그 아저씨를 동정했다. 지랄스러운 바람이지, 그 아저씨가 무슨 잘못이 있기에 생돈을 빼앗기냐고, 그렇지만 돈지갑 옆구리에 차고 부는 바람 못 봤으니, 그 재수 나쁜 아가씬들 그 재수 나쁜 아저씨한테 떼를 쓸 수밖에 도리 없지 않겠느냐고 사람들은 쑥덕댔다.

---

* **분결** 분(粉)의 곱고 부드러운 결. '분'은 피부의 색을 아름답게 보이기 위해 사용하는 화장품을 말함.

하여튼 수남이가 알 수 있는 것은 그 아가씨도 그렇고 그 아저씨도 그렇고 오늘 재수 옴 붙었다*는 것뿐이었다.

수남이는 문득 자기도 재수 옴 붙을 것 같은 예감이 들었다. 그래서 화들짝 놀라 큰 간판을 다시 점검하고 힘껏 흔들어 보고, 대롱대롱 매달린 아크릴 간판은 아예 떼어서 안에다 갖다 두고, 떼어 세워 놓은 빈지문*은 좁은 옆 골목 변소 옆에 끼워 놓았다.

바람 부는 서울의 뒷골목은 흉흉하고 을씨년스러웠다.* 먼지는 물론 온갖 잡동사니들이 다 날아들어 가게 앞에 쓰레기 무더기를 만들었다. 쓸어도 쓸어도 당해 낼 도리가 없었다.

손님도 딴 날보다 적고 수남이는 까닭 없이 마음이 울적했다. 시골의 바람 부는 날 풍경이 생생하게 떠올랐다.

보리밭은 바람을 얼마나 우아하게 탈 줄 아는가, 큰 나무는 바람에 얼마나 의젓하게 춤추는가, 작은 나무는 바람에 얼마나 안달맞게 들까부는가,* 큰 나무와 작은 나무가 함께 사는 숲은 바람에 얼마나 우렁차고 비통하게 포효하는가,* 그것을 알고 있는 것은 이 골목에서 자기 혼자뿐이라는 생각이 수남

* **재수(가) 옴 붙다** 재수가 아주 없음을 이르는 말.
* **빈지문** 한 짝씩 끼웠다 떼었다 하게 만든 문. 비바람을 막기 위하여 덧댄다.
* **을씨년스럽다** 보기에 날씨나 분위기 따위가 몹시 스산하고 쓸쓸한 데가 있다. 보기에 살림이 매우 가난한 데가 있다.
* **들까불다** 몹시 경망하게 행동하다.
* **포효하다** 사나운 짐승이 울부짖다. (비유적으로) 사람, 기계, 자연물 따위가 세고 거칠게 소리를 내다.

이를 고독하게 했다.

전선 가게 아저씨가 병원으로부터 어두운 얼굴을 하고 돌아왔다. 가게 주인들이 우르르 전선 가게로 모였다. 아가씨의 안부보다도 그 아저씨 손해가 얼마인가, 모두 그것이 궁금한 모양이었다.

수남이네 주인 영감님도 가더니, 한참 만에 돌아오면서 하늘을 쳐다보며 욕지거리를 했다.

"육시랄* 놈의 바람, 무슨 끝장을 보려고 온종일 이 지랄야."

아마 전선 가게 아저씨 손해가 대단했던 모양이다. 그래서 동정 삼아 그렇게 화를 내는 눈치다. 하긴 그런 일이 아니더라도 서울 사람들에겐 바람이 손톱만큼도 반가울 리가 없겠다. 바람의 의미를, 간판이 날아가는 횡액,* 한없이 날아오는 먼지, 쓰레기 그것밖에 모르니까.

봄바람이 게으른 나무들에게, 잠든 뿌리들에게, 생경한* 꽃망울들에게 얼마나 신기한 마술을 베풀고 지나갔나를 모르니까. 봄바람이 한차례 지나고 거짓말같이 화창하고 아늑하게 갠 날, 들판이나 산등성이에 있어 본 적이 없을 테니까.

수남이는 다시 한 번 울고 싶도록 고독해진다.

＊ **육시랄** 상대를 저주하여 욕으로 하는 말.
＊ **횡액** 뜻밖에 닥쳐오는 불행.
＊ **생경하다** 낯설다. 익숙하지 않아 어색하다.

전화를 받은 주인 영감님이 좀 생기가 나더니 계산서를 작성해 주면서 ××상회에 20와트 형광 램프 다섯 상자만 배달해 주고 오란다. 가까운 데 있는 소매상에선 이렇게 전화 주문으로 배달까지를 부탁해 오는 수가 많다. 수남이는 자전거도 잘 타 배달이라면 문제도 없다.

그래도 오늘은 바람이 유난해서 조심하느라 형광 램프 상자를 밧줄로 꼼꼼히 묶는다. 주인 영감님까지 묶는 걸 거들어 주면서,

"인석아, 까불지 말고 조심해. 사고 내 가지고 누구 못할 노릇 시키지 말고."

오늘 장사가 좀 잘 안 돼서 그런지 말씨가 퉁명스럽긴 했지만, 나쁜 말은 아닌데도 수남이는 고깝게 듣는다.

꼭 네깐 놈 다칠 게 걱정이 아니라 나 손해 볼 게 겁난다는 소리로 들린다.

수남이는 보통 때 같으면 "할아버지 다녀오겠습니다." 하고 신바람 나게, 그리고 붙임성 있게 외치고는 빙긋 웃어 보이고 나서야 페달을 밟고 씽 달렸을 터인데 오늘은 왠지 그래지지를 않는다. 아무 말 안 하고 자전거를 무거운 듯이 질질 끌다가 뭉기적 올라타면서 느릿느릿 페달을 젓는다. 주인 영감님이 뒤에서 악을 쓴다.

"인석아, 조심해. 까불지 말고."

주인 영감님의 목소리가 회오리바람을 타고 이상하게 날카

롭고 기분 나쁘게 들린다. 수남이는 "쳇." 하고 혀를 차고는 도망치듯 씽하고 자전거의 속력을 낸다.

형광 램프를 ××상회에 부리고 나서 수금하는 데 또 한참이 걸린다. 장사꾼의 생리*란 묘한 데가 있다.

수남이는 아직도 그 생리만은 이해가 안 될뿐더러 문득문득 혐오감까지 느끼고 있다.

금고에 돈을 수북이 넣어 놓고도 꼭 땡전 한 푼 없는 얼굴을 하고 도무지 돈을 내주려 들지를 않는다. 조금 있다 오란다. 그동안에 수금이 되면 주겠다는 것이다.

그러나 이쪽에선 그 수에 넘어가지 말고 악착같이 지키고 서서 받아 내야 하는 것이다. 그것이 수남이가 서울에 와서 점원 노릇 하면서 배운 상인 철학 제1항이었다.

"아유, 오늘 더럽게 장사 안된다."

××상회 주인은 니코틴이 새까맣게 달라붙은 이빨 안쪽을 드러내고 크게 하품을 한다. 돈을 빨리 안 주는 변명 같기도 하고, '인석아 하루 종일 기다려 봐라, 누가 돈을 호락호락 내줄 줄 아니.' 하는 공갈 같기도 하다.

그러나 수남이는 들은 척도 안 하고 장승처럼 버티고 서 있다. 저런 수에 넘어가 호락호락 물러가면 주인 영감님에게 야단맞는 것도 맞는 거려니와, 앞으로 열 번도 넘게 헛걸음을 해

＊ 생리 생활하는 습성이나 본능.

야 수금을 끝마칠 수 있기 때문이다.

그것도 목돈이 아니라 오백 원, 천 원씩 푼돈을 녹여서 말이다.

이럴 때 수남이는 이 세상에 장사꾼처럼 징그러운 족속이 또 있을까 싶은 생각이 나서 한숨이 절로 난다. 그러면서도 자기도 어느 틈에 장사꾼다운 징그러운 수를 쓰고 만다.

"오늘 물건 대금은 꼭 결제해 주셔야 돼요. 은행 막을 돈이란 말예요."

수남이는 은행 막는다는 말의 정확한 뜻을 잘 모른다. 그 번들번들하고 위엄 있는 은행이 뒤로 어디 큰 구멍이라도 뚫려 있단 소린지, 뚫려 있기로서니 왜 장사꾼이 막아야 하는지 잘 모르는 채로, 급하게 돈을 받아 내려는 장사꾼들이 으레 심각한 얼굴을 하고 그런 소리를 하길래 수남이도 그래 보는 것이다.

"짜아식, 알았어. 기다려 봐. 돈 들어오는 대로 줄게."

주인이 퉁명스럽게 대답하곤 수남이의 머리에 힘껏 알밤을 먹인다. 수남이는 잽싸게 고개를 움츠러뜨렸는데도 눈에 눈물이 핑 돌 만큼 독한 알밤이다.

장사 더럽게 안된다는 주인 말과는 달리 손님이 쉴 새 없이 들락거린다. 정말로 가게는 조그맣지만 길목이 아주 좋다. 수남이는 좁은 가게에서 이리 밀리고 저리 밀리면서 잘 버틴다. 버틸 뿐 아니라 속으로 돈이 얼마나 들어오나 암산까지 하고 있다.

　소매상이라 큰돈은 안 들어와도 그동안 들어온 돈이 어림잡아 만 원은 됨 직하다. 수남이는 비실비실 안 나오는 웃음을 웃으며,

　"어떻게 결제 좀 해 줍쇼."

하고 또 한 번 빌붙는다. 주인은 "짜아식." 하며 또 한 번 알밤을 먹이곤 오백 원짜리, 백 원짜리 합해서 만 원을 세 번이나 세 보더니 아까운 듯이 내준다.

　"짜아식, 끈덕지기가 꼭 뙤놈* 같다니까, 됐어."

　칭찬인지 욕인지 모를 소리를 하고 찍 웃는다. 수남이는 주인이 세 번씩이나 세어서 준 돈을 또 두 번이나 센다. 그러고 나서야 "고맙습니다. 안녕히 계십쇼." 하고는 저만치 자전거를 세워 놓은 쪽으로 휑하니 달음질친다.

　바람이 여전하다. 저만치서 흙먼지가 땅을 한 꺼풀 벗겨 홑이불처럼 둘둘 말아 오는 것같이 엄청난 기세로 몰려온다. 골목 안의 모든 것이 '뎅그렁' '와장창' '우르릉' 하고 제각기의 음색으로 소리 높이 비명을 지른다.

　드디어 흙먼지의 홑이불이 수남이를 집어삼킬 듯이 수남이의 조그만 몸뚱이를 덮친다. 수남이는 눈을 꼭 감고 숨을 죽인다.

* **뙤놈** 중국 사람을 낮잡아 이르는 말. 되놈.

바람이 지난 후 수남이는 눈을 뜨고 침을 탁 뱉는다. 입속에 모래가 들어와 깔깔하고 목구멍이 알싸하니 아프다. 다시 자전거 쪽으로 걷는다. 좀 전만 해도 서 있던 자전거가 누워 있다. 그래도 날아가진 않았으니 다행이다.

자전거뿐 아니라 골목의 모든 것이 다 제자리에 그대로 있다. 수남이는 그게 신기하다. 누워 있는 자전거를 일으켜 세우고 날렵하게 올라타 막 페달을 밟으려는데 어디선지 고함 소리가 벽력*같이 들린다.

"이놈아, 어딜 도망가는 거야, 게 섰거라. 꼼짝 말고."

수남이는 처음에는 자기에게 지르는 고함은 아니겠지 싶어 그대로 페달을 밟는다.

"아니 이놈이 어디로 도망을 가려고 이래."

뒷덜미를 사납게 붙들린다. 점잖고 깨끗한 신사다. 이런 신사가 자기에게 어떤 볼일이 있다는 것인지 수남이는 도시* 짐작도 할 수 없다. 게다가 신사는 몹시 화가 나 있다. 신사를 화나게 할 일을 자기가 저질렀다고는 더구나 생각할 수 없다.

"인마, 꼼짝 말고 있어."

신사의 말이 아니더라도 꼼짝하려야 할 수 있을 처지가 아니다. 꼼짝은커녕 숨도 제대로 쉴 수 없을 만큼 수남이의 뒷덜

* 벽력 벼락.
* 도시 도무지.

미는 신사의 손에 잔뜩 움켜쥐어져 있다.

"인마, 네놈의 자전거가 쓰러지면서 내 차를 들이받았단 말야. 이런 고급 차를 말야. 이런 미련한 놈, 왜 눈을 째려, 째리긴. 그러니 내 차에 흠이 안 나고 배겼겠냐. 내 차는 인마, 여자들 손톱만 살짝 닿아도 생채기가 나는 고급 차야 인마, 알간?"

그러고는 거울처럼 티 하나 없이 번들대는 차체를 면밀히 훑어보더니 "그러면 그렇지." 하고 환성을 질렀다. 아마 생채기를 찾아낸 모양이다.

"일은 컸다. 인마, 칠만 살짝 긁혔어도 또 모르겠는데 여봐라, 여기가 이렇게 우그러지기까지 했으니 일은 컸다, 컸어."

신사가 덩칫값도 못하게 팔짝팔짝 뛰면서, 잘 봐 두라는 듯이 수남이의 얼굴을 차에다 바싹 밀어붙였다.

수남이는 차체에 비친 울상이 된 자기 얼굴을 볼 수 있을 뿐이다. 꼭 오늘 재수 옴 붙은 일이 날 것 같더라만 이런 끔찍한 일이 일어나고 말았구나. 울음이 왈칵 솟구친다. 그러자 제 얼굴도, 차체의 흠도 아무것도 안 보이고 온 세상이 부옇게 흐려 보일 뿐이다.

"울긴, 인마. 너 한 달에 얼마나 버냐?"

신사의 목청이 다분히 누그러지며 목소리에 연민이 담긴 것을 수남이는 재빨리 알아차린다. 그러자 흑흑 소리까지 내어 운다.

"울긴 짜아식, 할 수 없다. 너나 나나 오늘 재수 옴 붙은 걸로 치고 반반씩 손해 보자. 오천 원만 내.”

수남이는 너무 놀라 울음까지 끄르륵 삼키고 신사를 쳐다본다. 그사이 사람들이 큰 구경이나 난 것처럼 모여들어 신사와 수남이를 에워싼다.

누군가가 뒤에서 “빌어 이놈아, 그저 잘못했다고 무조건 빌어.”하고 속삭인다. 수남이는 여러 사람들이 자기를 동정하고 있다고 느끼자 적이* 용기가 난다.

“아저씨, 잘못했습니다. 한 번만 용서해 주십시오. 네, 아저씨.”

제법 또렷한 소리로 용서를 빈다.

“용서라니, 이만큼 했으면 됐지 어떻게 더 용서를 해.”

“아저씨, 그러시지 말고 한 번만 봐주세요. 네, 아저씨.”

수남이는 주머니에 든 만 원 생각을 하면 얼굴이 화끈대고 공연히 무섭기까지 하다. 그렇지만 주인 영감님을 위해 그 돈만은 죽기를 무릅쓰고 지킬 각오를 단단히 한다.

“아니 요석이 인제 보니 이런 큰일을 저지르고 그냥 내뺄 심사 아냐? 요런 악질 녀석 같으니라고.”

신사의 표정에 은은히 감돌던 연민이 싹 가시고 점잖고 무표정해진다.

그러고는 옆에 섰던 운전사인 듯한 남자에게,

* 적이 꽤 어지간한 정도로.

"안 되겠네. 요런 악질 깡패 녀석하고 시비해 봤댔자 공연히 시간만 낭비니, 자네 자물쇠 하나 마련해다 주게. 이 녀석 자전걸 잡아 놓기로 하세. 언제든지 오천 원 가져와서 찾아가라고."

그러고는 주머니에서 오백 원짜리를 한 장 꺼내서 운전사에게 주는 것이었다. 수남이로서는 전연 예기치 못했던 사태였다.

주머니의 만 원에 대해서만 생각했었지 자전거에 대해선 전연 생각이 미치지 못했었다.

운전사는 금방 커다란 자물쇠를 하나 사 가지고 왔다. 신사는 다시 네놈은 쳐다보기도 싫다는 듯이 수남이를 전연 상대 안 하고, 묵묵히 자전거 바퀴에다 자물쇠를 채우고, 앞에 빌딩을 가리키면서,

"나 저기 306호실에 있으니까 돈 오천 원 갖고 와. 그러면 열쇠 내줄 테니."

하고는 수남이를 힐끗 흘겨보고 유유히 빌딩 속으로 사라져 갔다.

수남이는 울지도 못하고 빌지도 못하고 그냥 막연히 서 있었다. 수남이와 신사의 시비를 흥미진진하게 구경하던 사람들도 헤어지지 않고 그냥 서 있었다. 아마 수남이가 앙앙 울거나, 펄펄 뛰면서 욕을 하거나 그런 일이 일어나 주기를 기다리는 눈치였다.

수남이는 바보가 돼 버린 아이처럼 조용히 멍청히 서 있었다. 누군가가 나직이 속삭였다.

"토껴라 토껴. 그까짓 거 갖고 토껴라."

그것은 악마의 속삭임처럼 은밀하고 감미로웠다. 수남이의 가슴은 크게 뛰었다. 이번에는 좀 더 점잖고 어른스러운 소리가 나섰다.

"그래라, 그래. 그까짓 거 들고 도망가렴. 뒷일은 우리가 감당할게."

그러자 모든 구경꾼이 수남의 편이 되어 와글와글 외쳐댔다.

"도망가라, 어서어서 자전거를 번쩍 들고 도망가라, 도망가라."

수남이는 자기편이 되어 준 이 많은 사람들을 도저히 배반할 수 없었다. 이상한 용기가 솟았다. 수남이는 자전거를 마치검부러기처럼 가볍게 옆구리에 끼고 질풍같이 달렸다.

정말이지 조금도 안 무거웠다. 타고 달릴 때보다 더 신나게달렸다. 달리면서 마치 오래 참았던 오줌을 시원스레 내깔기는 듯한 쾌감까지 느꼈다.

주인 영감님은 자전거를 옆에 끼고 질풍처럼 달려온 놈을눈을 휘둥그렇게 뜨고 바라볼 뿐이었다. 오늘 바람이 세더니만 필시 이 조그만 놈이 바람에 날아왔나, 설마 그럴 리야 없을텐데 내 눈이 어떻게 된 건가 그런 눈치였다.

수남이는 너무 숨이 차서 이런 주인 영감님의 궁금증을 시원히 풀어 주지 못하고 한동안 헉헉대기만 한다.

"인마, 말을 해. 무슨 일이야? 네놈 꼴이 영낙없이 도둑놈 꼴이다 인마."

도둑놈 꼴이란 소리가 수남이의 가슴에 가시처럼 걸린다. 수남이는 겨우 숨을 가라앉히고 자초지종을 주인 영감님께 고해바친다. 다 듣고 난 주인 영감님은 무엇이 그리 좋은지 무릎을 치면서 통쾌해한다.

"잘했다. 잘했어. 맨날 촌놈인 줄만 알았더니 제법인데 제법야."

그러고는 가게에서 쓰는 드라이버니 펜치를 가지고 자전거에 채운 자물쇠를 분해하기 시작한다. 엎드려서 그 짓을 하고 있는 주인 영감님이 수남이의 눈에 흡사 도둑놈 두목 같아 보여 속으로 정이 떨어진다. 주인 영감님 얼굴이 누런 똥빛인 것조차 지금 깨달은 것 같아 속이 메스껍다.

마침내 자물쇠를 깨뜨렸나 보다. 영감님 얼굴에 회심*의 미소가 떠오르더니 자유롭게 된 자전거 바퀴를 시험이라도 하려는 듯이 자전거로 골목을 한 바퀴 빙그르르 돌아 들어와서는,

"네놈 오늘 운 텄다."

그러고는 수남이의 머리를 쓰다듬고 볼과 턱을 두둑한 손으

---

* **회심** 마음에 흐뭇하게 들어맞음. 또는 그런 상태의 마음.

로 귀여운 듯이 감싼다. 영감님이 기분이 좋을 때면 수남이에 대한 애정의 표시로 으레 그렇게 했었고 수남이도 그걸 좋아했었다.

그런데 오늘은 그게 싫다. 영감님의 손이 싫다. 운 트기는커녕 재수 옴 붙었다는 생각이 여전하고, 수남이는 그날 온종일 우울했다. 그러나 자기가 왜 그렇게 우울한지 그걸 차분히 생각할 새도 없는 바쁜 하루였다.

가게 문을 닫고 주인댁에서 날라 온 저녁밥을 먹고 나면 비로소 수남이 혼자만의 시간이다. 꿀 같은 시간이었다. 책을 펴 놓고 영어 단어를 찾고, 수학 문제를 풀어 보고, 턱을 괴고 소년답게 감미로운 공상에 잠길 수 있는 그런 시간이었다.

그러나 오늘 수남이는 그게 되지를 않았다. 책을 집어 던졌다.

낮에 내가 한 짓은 옳은 짓이었을까? 옳을 것도 없지만 나쁠 것은 또 뭔가. 자가용까지 있는 주제에 나 같은 아이에게 오천 원을 우려내려고 그렇게 간악하게 굴던 신사를 그 정도 골려 준 게 뭐가 나쁜가? 그런데도 무섭고 떨렸던가. 그때의 내 꼴이 어땠으면 주인 영감님까지 "네놈 꼴이 꼭 도둑놈 꼴이다."고 하였을까.

그럼 내가 한 짓은 도둑질이었단 말인가. 그럼 나는 도둑질을 하면서 그렇게 기쁨을 느꼈더란 말인가.

수남이는 몸을 부르르 떨면서 낮에 자전거를 갖고 달리면서 맛본 공포와 함께 그 까닭 모를 쾌감을 회상한다. 마치 참았던 오줌을 내깔길 때처럼 무거운 억압이 갑자기 풀리면서 전신이 날아갈 듯이 가벼워지는 그 상쾌한 해방감— 한번 맛보면 도저히 잊힐 것 같지 않은 그 짙은 쾌감, 아아 도둑질하면서도 나는 죄책감보다는 쾌감을 더 짙게 느꼈던 것이다.

혹시 내 핏속에 도둑놈의 피가 흐르고 있기 때문이 아닐까. 순간 수남이는 방바닥에서 송곳이라도 치솟은 듯이 후닥닥 일어서서 안절부절을 못하고 좁은 방 안을 헤맸다.

수남이의 눈앞에는 수갑을 차고, 순경들에게 끌려와 도둑질의 흉내를 그대로 내 보이던 형의 얼굴이 환히 떠오른다. 그리고 서울 가서 무슨 짓을 하든지 도둑질만은 하지 말라고 신신당부하던 아버지의 얼굴도 떠오른다.

수남이의 형 수길이는, 온 집안 식구가 기대를 걸고 고등학교까지 마쳐 준 보람도 없이 집에서 빈들대다가, 어느 날 갑자기 서울 가서 돈 벌어 성공해서 돌아오겠다는 말 한마디를 남기고 훌쩍 집을 나갔다.

편지 한 장, 하다못해 인편*에 안부 한마디 없는 이 년이 지났다. 그동안 아버지는 푹 노쇠하고, 어머니는 뼈만 남게 야위어서 수남이랑 동생들이랑을 들볶았다.

들볶는 푸념 속에는 무정한 장남에 대한 원망과 함께 그래

---

* 인편 오거나 가는 사람의 편.

1부 · 자라는 기쁨

도 행여나 하는 기대가 곁들여 있는 것을 수남이는 느낄 수 있었다.

수남이도 뭔가 형에 대한 기대를 안 할 수가 없었다. 동생들이 발바닥이 다 닳아 없어져 웃더껑이*만 남은 운동화를 신고 다니는 걸 봐도 "조금만 참아, 큰형이 돈 많이 벌어 가지고 오면 운동화랑 잠바랑 다 사 줄게." 하는 말을 할 지경이었다.

형이 돈을 많이 벌어 오면―이런 기대에 온 집안 식구가 하루하루를 매달려 살았다. 어느 날 밤 형은 돌아왔다. 옷과 운동화와 과자와 고기를 한 짐이나 되게 사 가지고. 형이 정말 돈을 벌어서 별의별 것을 다 사 가지고 온 것이었다. 아버지는 밤중이지만 동네 사람을 모아 큰 잔치를 벌이지 못해 안달을 했다. 형이 험악한 얼굴을 하고 안 된다고 했다.

잔치는커녕 동생들이 좋아서 떠드는 것도 못 하게 윽박질렀다.

수남이는 지금도 그날 밤 일이 생생하다. 그날 밤 형의 누런 똥빛 얼굴은 정말로 못 잊겠다. 꼭 악몽 같다.

다음 날 형은 읍내에서 온 순경한테 수갑이 채워져 붙들려 갔다. 형은 악을 써서 변명을 하며 갔다.

"이 년 만에 빈손으로 집에 들어갈 수는 없었단 말야. 도저히 그럴 수는 없었단 말야."

* 웃더껑이 물건의 위에 덮어 놓는 물건을 이르는 말.

그래서 읍내 양품점*을 털어 돈과 물건을 훔친 것이다. 다음에 수남이가 형을 본 것은 읍내로 현장 검증인가를 나왔을 때다. 도둑질한 것을 다시 한 번 되풀이해 보여 주는 것인데, 딴 구경꾼들 틈에 섞여 수남이는 몸서리를 치면서 그것을 봤다. 그 도둑놈과 형제간이란 게 두고두고 생각해도 몸서리가 쳤다.

아버지는 화병으로 몸져눕고 집안 형편은 말이 아니었다. 수남이는 드디어 어느 날 형이 그랬던 것처럼 서울 가서 돈 벌어 오겠다고 집을 나섰다. 아버지는 말리지 않았다. 문지방을 짚고 일어나 앉아서 띄엄띄엄 수남이를 타일렀다.

"무슨 짓을 하든지 그저 도둑질만은 하지 말아라, 알았쟈."

그런데 도둑질을 하고 만 것이다. 수남이는 스스로 그것은 결코 도둑질이 아니었다고 변명을 한다.

그런데 왜 그때 그렇게 떨리고 무서우면서도 짜릿하니 기분이 좋았던 것인가? 문제는 그때의 그 쾌감이었다. 자기 내부에 도사린 부도덕성이었다. 오늘 한 짓은 도둑질이 아닐지 모르지만 앞으로 도둑질을 할지도 모르겠다는 생각이 들었다. 형의 일이 자기와 정녕 무관한 일이 아니란 생각이 들었다.

소년은 아버지가 그리웠다. 도덕적으로 자기를 견제해 줄 어른이 그리웠다. 주인 영감님은 자기가 한 짓을 나무라기는

* **양품점** 서양식 의류나 장신구 따위의 잡화를 전문적으로 파는 가게.

커녕 손해 안 난 것만 좋아서 "오늘 운 텄다."고 좋아하지 않았던가.

수남이는 짐을 꾸렸다. 아아, 내일도 바람이 불었으면. 바람에 물결치는 보리밭을 보았으면.

마침내 결심을 굳힌 수남이의 얼굴은 누런 똥빛이 말끔히 가시고, 소년다운 청순함으로 빛났다.

1. 다음은 작품에 나오는 장면들이다. 이 중에서 하나를 골라 그 내용과 관련된 수남이의 일기를 써 보자.

- 바람 부는 서울의 뒷골목은 흉흉하고 을씨년스러웠다. 먼지는 물론 온갖 잡동사니들이 다 날아들어 가게 앞에 쓰레기 무더기를 만들었다. 쓸어도 쓸어도 당해 낼 도리가 없었다.
- "오늘 물건 대금은 꼭 결제해 주셔야 돼요. 은행 막을 돈이란 말예요."
- "울긴 짜아식, 할 수 없다. 너나 나나 오늘 재수 옴 붙은 걸로 치고 반반씩 손해 보자. 오천 원만 내."
- 이상한 용기가 솟았다. 수남이는 자전거를 마치 검부라기처럼 가볍게 옆구리에 끼고 질풍같이 달렸다.
- 그럼 내가 한 짓은 도둑질이었단 말인가. 그럼 나는 도둑질을 하면서 그렇게 기쁨을 느꼈더란 말인가.

2. 마지막 장면에 나타난 수남이의 결심을 바탕으로 작가가 이 작품을 통해 무엇을 말하려고 하는지 추측해 보자.

> 소년은 아버지가 그리웠다. 도덕적으로 자기를 견제해 줄 어른이 그리웠다. 주인 영감님은 자기가 한 짓을 나무라기는커녕 손해 안 난 것만 좋아서 "오늘 운 텄다."고 좋아하지 않았던가.
> 수남이는 짐을 꾸렸다. 아아, 내일도 바람이 불었으면. 바람에 물결치는 보리밭을 보았으면.
> 마침내 결심을 굳힌 수남이의 얼굴은 누런 똥빛이 말끔히 가시고, 소년다운 청순함으로 빛났다.

3. 주인 영감님과 아버지가 삶에서 중요하게 여기는 가치가 무엇인지 인물의 말과 행동을 근거로 들어 비교해 보자.

	말과 행동	삶에서 중요하게 여기는 가치
주인 영감님		
아버지		

활동

4. 다음은 삶의 가치를 나타내는 단어들이다. 하나씩 살펴보며 물음에 답해 보자.

사랑	용기	우정	정직	성실	협동	양심	신뢰	겸손	감사	공정
관용	배려	존중	보람	인내	절제	책임	이해	양보	노력	약속
도전	진심	순수	희망	열정	행복	봉사	소신	창조	의지	소통
성취	균형	끈기	공감	명성	자유	평화	혁신	포용	지식	여유

❶ 위에서 뜻을 정확하게 알지 못하는 단어가 있다면 사전에서 찾아 적어 보자.

단어	뜻

❷ 나에게 중요한 삶의 가치는 무엇인지 골라서 그 이유를 적어 보자.

    1부에서는 다양한 인물들이 저마다의 환경 속에서 조금씩 성장해 가는 이야기를 다룬 작품들을 감상해 보았습니다. 아래에는 성장과 관련된 단어와 그 뜻풀이가 있습니다. 단어의 정확한 뜻을 알면 성장의 개념을 좀 더 폭넓게 이해할 수 있고, 상황에 알맞은 단어를 선택하여 올바르게 사용할 수 있지요. 단어의 뜻풀이를 찾아 바르게 연결해 봅시다.

반성 •	• 사람이나 동식물 따위가 자라서 점점 커짐.
성숙 •	• 현실을 판단해 입장이나 능력 따위를 스스로 깨달음.
성찰 •	• 몸과 마음이 자라서 어른스럽게 됨.
성장 •	• 자신의 언행에 대하여 잘못이나 부족함이 없는지 돌이켜 봄.
자각 •	• 자기의 마음을 반성하고 살핌.

    익숙한 단어지만 한데 모아 놓고 보니 헷갈리지는 않았나요? '성장'이란 사람이나 동식물 따위가 자라서 점점 커진다는 의미입니다. 단순히 물리적인 크기만을 말하는 것이 아니라 마음가짐이나 태도의 변화와 같이 눈으로 보이지 않는 것

들도 포함합니다. 몸과 마음이 함께 커 가면서 우리는 어른이 되어 가는 '성숙'을 하는 것이지요. 「오후 4시, 달고나」의 주인공인 서율이는 할아버지의 위로를 받아 첫사랑의 아픔을 딛고 내면의 성숙을 경험할 것입니다.

진정한 어른이 되기 위해서는 자신의 말과 행동에 대해서 잘못이나 부족함이 없는지 돌이켜 보는 '반성'의 과정이 필요합니다. 「자전거 도둑」의 주인공인 수남이는 낮에 자신이 한 행동이 도덕적으로 옳은 일이었는지 고민하고, 자신의 잘못을 반성하는 과정을 거쳐 고향으로 돌아갈 결심을 합니다. '반성'이 말과 행동을 돌이켜 보는 것이라면 '성찰'은 마음을 깊이 있게 살피는 것입니다. 마음을 살핀다는 것은 무엇일까요? 「커튼콜」의 주인공인 은비가 무대에 오르기 위해서는 연기를 대하는 자신의 마음을 살피는 시간이 필요했습니다. 그 후에 비로소 연기를 갈망하는 자신의 진심을 깨닫고 꿈을 이루기 위해 노력하게 되지요.

성장하기 위해서는 내가 처한 현실을 올바로 파악하고 깨닫는 '자각'의 시간 또한 자연스럽게 뒤따라옵니다. 「내 이름은 백석」의 주인공인 석이는 아버지의 서글픈 모습을 바라보며 아버지가 살아온 삶에 대해, 그리고 자신이 앞으로 살아갈 삶에 대해 자각하고 성찰하는 시간을 가졌을 것입니다. 눈앞에 펼쳐진 현실이 때로는 내가 원치 않는 방향일 수 있지만, 그것을 받아들이고 앞으로 나아갈 때 더욱 단단해진 자신을 발견하게 될 것입니다.

자, 여러분의 이야기가 떠오르는 순간이 있었나요? 이제는 앞의 단어를 활용해서 자신의 이야기를 만들어 보세요.

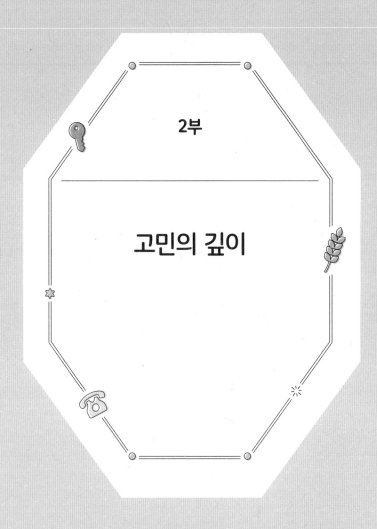

2부

고민의 깊이

이제 중학생이 된 여러분은 살아오면서 가장 많이 힘들고 고민스러웠던 일이 무엇이었나요? 친구와 사소한 일로 다툰 일, 부모님과의 불화, 성적 때문에 속상했던 일 등 많은 고민과 갈등이 있었을 것 같은데요.

작가의 상상력에 의해 꾸며 낸 이야기이지만, 현실에 있음 직한 것을 생생하게 표현한 소설에서도 갈등은 다양하게 나타납니다. 인물이 겪는 좌절과 방황, 등장인물 간에 벌어지는 충돌, 인물과 환경 사이의 대립과 갈등은 소설에서 매우 중요한 역할을 하며 소설을 읽는 재미를 가져다주기도 하지요.

갈등이 인물의 내면을 향하든 바깥을 향하든, 인물은 갈등을 통해 한 걸음씩 성장합니다. 또한 독자도 소설을 읽으면서 자신의 삶을 성찰하고 타인의 삶도 더 깊이 헤아리는 공감력을 키우게 되지요. 물론 사회를 보는 건강한 안목도 키우게 되고요.

2부 '고민의 깊이'에는 박상기 「옥수수 뺑소니」, 김유정 「동백꽃」, 장주식 「먹고 싶다, 수박」, 현덕 「하늘은 맑건만」, 허균 「홍길동전」을 수록했습니다. 자신의 행동이 정직하지 않다는 것을 알면서도 고백하지 않고 망설이는 현성이, 좋아하는 이성 친구에게 오히려 반대로 마음을 표현하는 점순이, 떳떳하지 못한 상황이 벌어졌지만 용기 있게 사실을 말하지 않아 하늘도 쳐다보기 두려운 문기, 의도치 않게 벌어진 사건을 각기 다르게 풀어 가는 육인방 친구들, 불평등한 사회 구조 속에서 서러움과 억울함을 가슴에 품고 집을 떠나는 길동이. 시대적 상황과 처한 현실은 다르지만 우리도 공감할 만한 이야기이지요. 소설 속 인물의 심리 상태가 어떤지, 그리고 각 인물이 자신의 고민과 갈등을 어떻게 풀어 가는지 세심히 살피면서 작품을 감상해 봐요.

옥수수 빽소니

박
상
기

박상기

동화 작가, 소설가. 1982년 충남 태안에서 태어나 서산에서 자랐다. 공주교대 국어교육과를 졸업하고 같은 대학원에서 아동문학을 공부했다. 2013년 제5회 창비어린이 신인문학상에 청소년소설이, 2015년 한국일보 신춘문예에 동화가 당선되어 작품 활동을 시작했다. 주요 작품으로 동화 『바퀴』 『도야의 초록 리본』 『고양이가 필요해』 『백제 최후의 날』 『기적의 분실함』, 소설 『옥수수 뺑소니』 『내 몸에 흐르는 뜨거운 피』 『가출 모범생 천동기』 『우린 세계최강입니다』 등이 있다.

✦ 읽기 전에 ✦

'옥수수 뺑소니'라는 제목을 보고 가장 먼저 든 생각은 무엇인가요? 뺑소니와 옥수수 사이에는 언뜻 아무런 연관이 없어 보이기도 하지만, 그래서 더욱 특별한 이야기가 펼쳐질 것 같아 내용이 궁금해집니다. 요즘 자전거를 타거나 휴대폰을 보면서 길을 가다가 차에 부딪히는 경우를 종종 볼 수 있어요. 소설 속 주인공 현성이도 두 번의 교통사고를 연달아 당한 뒤 상황에 떠밀려 거짓말을 하게 됩니다. 현성이에게 무슨 문제가 생겼고 그 문제를 어떻게 해결해 가는지 함께 작품을 감상해 봐요.

딱!

"아! 너 잡히면 죽는다!"

재준이의 뒤통수를 강타하자, 녀석의 고함과 쌍시옷 소리가 짜릿하게 귓속으로 파고들었다. 장난을 걸었을 때 나오는 최고의 반응이다. 어김없이 녀석이 짧은 다리로 열심히 페달을 밟으며 쫓아왔다. 이렇게 자전거로 신나게 달리면 이십 분 걸리는 하굣길이 금방이다.

"야, 이 뺑소니, 게 섰거라!"

잡히지 않는 나도 대단하지만 이 년째 한결같이 쫓아오는 녀석의 근성*도 눈물겹다.

녀석과는 어릴 때부터 친구였는데 교복을 입은 뒤로는 웬만해서 자전거 타기에서 지지 않았다. 내 것은 상표 없는 일 단짜리 고물이지만, 녀석의 이십일 단 자전거에 기죽지 않는 이유다.

"삼 단 부스터 발진!"*

＊근성 뿌리가 깊게 박힌 성질.

간격이 좁혀지지 않자 재준이가 내뱉은 말이었다. 유치한 녀석, 그냥 기어를 변속했다*고 말할 것이지. 네가 그래서 발전이 없는 거라니까!

헉, 그런데 진짜 거리가 좁혀지잖아? 녀석의 목소리가 점점 가까워졌다.

"잡히면 백 대 처맞는다!"

숨넘어가는 고함 소리에 뒤를 보니 벌써 닿을 듯한 거리였다. 시뻘건 얼굴에 튀어나온 핏줄, 사악하게 웃는 녀석의 얼굴이 꼭 염라대왕 같았다. 이 자식, 오늘따라 무섭네? 발전했잖아!

짜악!

순간 등이 번쩍했다. 따라잡혀 한 대 맞은 것이다. 으아, 등이 불타오른다!

이렇게 된 이상, 체면*을 차릴 처지가 아니었다. 나는 일어서서 온몸으로 페달을 밟기 시작했다. 일 단짜리 자전거로 녀석에게 맞설 수 있는 최후의 수단이었다.

잠시 재준이와 벌어지는 것 같더니 다시 점점 가까워지기 시작했다. 등은 여전히 화끈거렸다. 또 얻어맞을 생각을 하니 간담이 서늘해졌다.* 이건 자존심이 걸린 문제다. 머리고 등짝

* 발진 출발하여 나아감. 주로 엔진의 힘으로 배나 비행기 따위가 출발하는 것을 이른다.
* 변속하다 속도를 바꾸다.
* 체면 남을 대하기에 떳떳한 도리나 얼굴.

2부 • 고민의 깊이

이고 연신 얻어터지기 전에 나만의 솜씨로 녀석의 코를 납작하게 해 주어야 한다.

다시 내 뒷바퀴와 녀석의 앞바퀴가 마주치려는 찰나, 브레이크를 잡으며 왼쪽으로 급히 꺾었다.

그런데,

빠아아앙!

갑자기 트럭 경적 소리가 뒤통수를 찔렀다. 그와 동시에 끼익 소리가 나며 트럭이 내 옆을 스쳤다. 나는 화들짝 놀라 핸들을 급히 오른쪽으로 틀었다. 하지만 당황한 나머지 너무 크게 꺾고 말았다.

"어어, 야!"

사색*이 된 재준이의 목소리와 동시에 나는 보호 난간을 들이받고 넘어졌다. 자전거에서 떨어져 데굴데굴 굴렀다. 순식간에 벌어진 일이라 정신이 하나도 없었다.

"학생! 괜찮아?"

쇠뚜껑 깨질 듯이 쨍쨍한 목소리가 멀리서 들려왔다. 어느새 아저씨가 차를 갓길*에 세우고 이쪽으로 뛰어오고 있었다. 나는 상체를 일으켜 세웠다.

＊간담이 서늘하다 몹시 놀라서 섬뜩하다.
＊사색 죽은 사람처럼 창백한 얼굴빛.
＊갓길 고속 도로나 자동차 전용 도로 따위에서 자동차가 달리는 도로 폭 밖의 가장자리 길. 위급한 차량이 지나가거나 고장 난 차량을 임시로 세워 놓기 위한 길이다.

"일어나지 말고 누워 있어, 학생!"

창피해 죽겠는데 여기에 누워 있으라니. 나는 멀쩡하다는 것을 증명하기 위해 일부러 벌떡 일어섰다. 풀숲에 굴러서 그런지 까진 곳 하나 없었다.

오십 미터를 넘게 뛰어온 아저씨가 헐떡이며 도착했다. 생각보다 덩치가 컸다.

"아픈 데 없니?"

"예."

"어지럽진 않고?"

"괜찮은데요."

질문을 뿌리치려고 반사적*으로 짧은 대답이 튀어 나갔다. 재준이가 어느새 내 자전거를 옆에 세워 놓았다. 자전거도 별 이상은 없는 것 같았다.

"그래도 병원에 한번 가 봐야지."

"아, 진짜 괜찮다니까요."

"괜찮은지는 지금 모르는 거야. 내일 되면 아플 수도 있어."

큰 덩치와 달리 순한 인상을 가진 아저씨가 머리를 긁적였다. 그러고는 품에서 휴대 전화를 꺼냈다. 딱 봐도 옛날 폴더 폰*인데 도금이 벗겨져 무지 낡아 보였다.

---

* 반사적 어떤 자극에 순간적으로 무의식적 반응을 보이는 것.
* 폴더폰 화면이 나오는 부분과 버튼을 누르는 부분으로 나누어져 그 경계를 기준으로 펴고 접을 수 있게 만든 휴대 전화.

2부 · 고민의 깊이

"학생, 핸드폰 번호 좀 불러 줘."

이 아저씨가 내 아픈 곳을 건드리다니.

"없는데요."

아저씨가 날 위아래로 쳐다보았다. 중학생인데 핸드폰이 없다고 하니, 거짓말이 아닌지 살피는 눈치였다. 이봐요, 아저씨가 들고 있는 폴더폰이 더 거짓말 같거든요?

"그럼 집 전화번호라도 알려 줘."

나는 마지못해 이름과 번호를 불러 주었다. 아저씨가 번호를 저장하는 데 한참 걸렸다. 나와 재준이는 아저씨의 낡은 핸드폰만 멍하니 바라보았다.

"학생, 여기 잠깐 있어 봐."

아저씨가 트럭으로 냅다 뛰기 시작했다. 트럭까지 오십 미터쯤이니까 왕복 백 미터. 더운 날씨에 아저씨도 고생이다.

"야, 저 아저씨 옥수수 장사하나 본데?"

재준이 말을 듣고서야 트럭에 눈길이 갔다. 핸드폰만큼이나 낡은 일 톤 트럭인데 짐칸을 포장마차로 개조해 쓰고 있었다. 빛바랜 현수막에는 '삶은 옥수수, 영양 계란빵 세 개 이천 원' 이렇게 쓰여 있었다. 아저씨가 다시 헐레벌떡 뛰어왔다.

"헉, 헉⋯⋯. 학생, 이거 받아."

메모지였다. 아저씨 이름과 핸드폰 번호가 적혀 있었다. 다른 어른들은 폼 나게 명함을 주던데 그런 것도 없나 보다.

"내가 지금 급한 일 때문에 가 봐야 할 것 같아. 학생, 나중에라도 혹시 아프면 이리로 꼭 연락 줘. 알았지?"

아저씨의 쩔쩔매는 표정을 보니 무슨 급한 일이 있는 것 같았다. 나는 속으로 '연락 안 해요!'라고 외치고 입으로는 "네." 하고 말했다.

"꼭 연락 줘!"

아저씨는 손을 귀에 대며 통화하는 시늉을 보이고는 트럭으로 뛰어갔다. 꼭 내가 아파서 전화하길 바라는 것 같다.

"그래도 나쁜 사람은 아니네."

재준이가 자전거에 올라타며 말했다.

"그래, 나쁜 사람은 아니지, 이 나쁜 놈아! 너 때문에 이게 뭐냐."

장난과 원망이 섞인 내 말에 재준이 녀석은 그저 씩 웃었다.

삐익, 우우우웅!

이것은 헤어드라이어 소리가 아니다. 내 컴퓨터 부팅 소리다. 작년에 중학교 입학할 때 학교에서 받은 건데 어디서 이런 할아버지 컴퓨터를 구해다 줬는지 모르겠다. 부팅도 엄청 오래 걸려서, 집에 오자마자 전원 버튼을 누르면 평상복으로 갈아입은 후에야 켜진다.

그래도 웬만한 게임은 다 돌아가고, 인터넷 요금도 학교에서 내 준다. 나는 작년부터 온라인 게임을 실컷 할 수 있게 되었다. 적어도 엄마 아빠가 퇴근하는 일곱 시까지는.

게임할 땐 꼭 타임머신을 타는 것 같다. 가끔씩 시계를 보면 성큼성큼 지나 있는 시간에 깜짝깜짝 놀란다. 일곱 시가 다가오면 점점 속이 쓰리다.

때르르릉 때르르릉.

계속 지다가 모처럼 이기고 있는 이때, 마지막으로 영혼을 불사르던 바로 이 순간에 전화벨이 울렸다. 짜증이 밀려왔다. 그냥 받지 말아 버릴까?

잠깐, 만약 엄마 전화라면? 그랬다가는 난리 날 거다. 지난번처럼 컴퓨터를 창고로 치워 버리는 재난 사태가 벌어질 수도 있다. 치사해도 받아야 한다.

"여보세요."

"거기, 김현성이라는 애 집 맞습니까?"

아, 쨍쨍한 목소리. 아까 그 옥수수 트럭 아저씨다. 괜히 받았다.

"부모님 아무도 안 계시니?"

"네."

"언제쯤 들어오셔?"

"몰라요."

"그럼 부모님 전화번호라도……."

"일할 땐 못 받으시는데요."

거짓말이 영 점 이 초 만에 바로바로 튀어 나갔다. 가만 보면 나도 머리가 좋다. 그런데 성적은 왜 그 모양일까.

"집에 가서 보니 다친 데는 없었고?"

아, 이 아저씨 되게 눈치 없네. 내가 수화기를 붙들고 있는 지금, 분신*과도 같은 내 캐릭터는 가만히 선 채로 계속 얻어 맞고 있단 말이다!

"부모님 오시면 꼭 연락 달라고 전해 줘."

"네!"

투욱.

아저씨 말이 끝나자마자 수화기를 내리꽂듯이 놓아 버리고 는 방으로 달려갔다. 내 분신아, 반드시 살아 있어야 한다!

아아…… 젠장. 드러누웠네. 이번 판은 이길 수 있는 절호* 의 찬스였는데! 날 눕힌 것도 모자라서 내 캐릭터까지 눕혀? 정말로 도움이 안 되는 아저씨다.

팡, 팡, 팡!

같은 물건이 세 개 모이면 터져 없어진다. 이거 스트레스 제 대로 풀리는 게임이다.

재준이에게 사정사정해서 스마트폰을 빌렸다. 어제 자기 때문에 사고가 난 것이 미안했는지, 생명과도 같은 물건을 내 게 건네줬다. 물론 녀석이 학원을 마치면 돌려주는 조건이었

---

* 분신 한 몸체에서 갈라져 나온 것.
* 절호 무엇을 하기에 기회나 시기 따위가 더할 수 없이 좋음.

지만.

요새 '팡팡팡'이라는 게임이 유행인데, 나만 스마트폰이 없어서 친구들 대화에 끼질 못했다. 게임을 마스터하는 건 물론, 랭킹까지 올려서 확실히 눈도장을 찍을 작정이었다.

엄마가 시킨 심부름을 하느라 마트로 향하는 길에도 팡팡 연타는 계속되었다. 이십만 점을 넘으면 랭킹에 들 수 있는데 될 듯하면서도 안 됐다. 살짝 약이 오르기 시작했다.

익히 아는 골목이라 앞도 안 보고 계속 게임에 몰두했다. 이제 이 골목길만 지나가면 제법 큰 마트가 나온다.

오만 점, 십만 점, 십오만 점……. 이번 판은 점수 쌓이는 게 예사롭지 않다. 남은 제한 시간은 십 초. 잘하면 랭킹 안에 들 수 있을 것 같다.

오오, 이십만 점! 점점 빠져들었다. 이 공간에 게임 속 물건들과 나만 있는 것 같았다. 경쾌한 효과음이 나의 최고 점수를 예고하는 순간이었다.

바로 그때, 옆에서 불빛이 번쩍했다. 고개를 돌리자마자 검은 자동차가 날 덮쳤다.

끼이이익, 텅!

굉음과 함께 엄청난 충격이 전해졌다. 하늘과 땅이 몇 번 바뀌었는지 모르겠다. 몸에서 영혼이 분리되는 느낌이었다. 먼지가 얼굴을 덮고 머리는 빙빙 돌았다.

"야, 인마! 어딜 보고 다니는 거야?"

정신을 차려 보니, 선글라스를 쓴 아저씨가 팔짱을 낀 채로 내 앞에 서 있었다. 아, 여기 골목 삼거리였구나.

어제 사고 났는데 오늘 차에 또 치이다니! 나는 창피한 나머지 자리에서 벌떡 일어섰다. 하지만 어제와 달리 핑글핑글 머리가 어지럽고, 다리도 후들거렸다.

그래도 아프다고 말하긴 싫었다.

"아, 저, 괘, 괜찮아요!"

"정말 괜찮아?"

"네, 네!"

선글라스 아저씨는 내 몸을 위아래로 훑어보았다. 까만 안경알 뒤로 무슨 생각을 하고 있는지 알 수가 없었다.

"안 괜찮은 것 같은데?"

"아니에요. 어제도 사고 났는데 멀쩡했어요."

"뭐? 자랑이다, 인마."

아저씨가 피식 헛웃음을 내뱉었다.

"네가 잘못한 거 알지? 길을 갈 때는 항상 주변을 살피란 말이야."

"네."

여기까지 말한 아저씨가 갑자기 요리조리 주위를 살폈다. 왜 그러나 싶어 나도 주위를 둘러보니 아무도 없었다. 아저씨가 승용차에 급히 타면서 말했다.

"앞으로 조심해라!"

부우웅!

선글라스 아저씨 차가 출발했다. 뭔가 좀 이상했다. 중요한 게 빠진 것 같은데 그게 뭐였더라? 아, 연락처!

이미 출발한 뒤라 늦었다. 그렇다면 차 번호라도 외워 둬야지! 어디 보자, 이십칠 라에, 어어? 방향을 꺾어서 사라졌다. 젠장…….

골목길이 허전해졌다. 기분이 영 찜찜했다. 이제야 팔꿈치랑 옆구리가 쓰라려 오기 시작했다. 이러고 있을 때가 아닌데. 재준이 스마트폰은 어디 있지?

나는 어둑어둑해진 골목길을 휘휘 둘러보며 떨어뜨린 스마트폰이 어디 있는지 살폈다. 저기 있네! 생각보다 금방 찾았다.

그런데…….

망했다. 재준이의 스마트폰 액정에 대각선으로 금이 쫙 가 버렸다. 이제 어떡하지? 이거 수리비 장난 아닐 텐데. 이번 주 정말 재수 옴 붙었다.

집에 와서 옷을 벗어 보니 역시나 옆구리가 넓게 까져 피가 묻어 나왔다. 그런데 살갗보다도 마음이 쓰라려 죽겠다. 이거 아빠한테 얘기하면 맞아 죽을 거다.

선글라스 아저씨도 진짜 황당하다. 왜 나한테만 그러지? 자기도 조심하지 않았잖아! 괜찮은 척했다고 그냥 가면 어떡해?

생각하면 할수록 짜증 났다.

깨진 스마트폰과 얄미운 선글라스 아저씨가 번갈아 내 마음을 후벼 팠다. 그럴수록 힘이 빠졌다. 독해야 손해를 안 본다는 아빠 말이 맞는 것 같았다.

어떻게 해야 할지 생각해 보았다. 차 번호를 몰라서 경찰서에 신고해 봐야 별 소용이 없을 것 같았다. 그러면 '교통사고 목격자를 찾습니다.'라고 써 붙이는 방법이 있는데, 주변에 아무도 없었다는 사실이 문제였다. 게다가 내가 많이 다친 것도 아니고……. 생각하면 할수록 골치 아팠다.

나는 온갖 잡생각을 하며 몸을 다 씻고 수건을 두른 채 부엌으로 나왔다. 식탁 위에 쫙 깨진 스마트폰이 보였다. 다시금 정신이 아찔해졌다. 날 보고 "책임져!"라고 외치는 것 같았다.

책임질 사람은 도망갔는데 나더러 어쩌라는 건지 모르겠다. 이대로 나만 덤터기* 쓸 수는 없었다. 나도 당한 만큼 돌려줘야 직성이 풀릴 것 같았다. 그렇다면…….

그 순간, 어떤 생각이 번쩍 떠올랐다. 나는 조심스레 교복 바지의 뒷주머니를 뒤졌다. 두 번 접힌 메모지가 나왔다. 펼쳐 보니 옥수수 아저씨의 연락처가 보였다. 침을 꿀꺽 삼켰다.

다시 깨진 스마트폰을 바라보았다. 누군가에게 보상받지 못하면 내가 물어 줘야 한다. 이 사실을 떠올리자 망설임이 줄어

---

* **덤터기** 남에게 넘겨씌우거나 남에게서 넘겨받은 허물이나 걱정거리. 혹은 억울한 누명.

2부 · 고민의 깊이

들었다. 나는 집 전화로 옥수수 아저씨의 번호를 하나씩 누르기 시작했다. 손가락이 미미하게 떨렸다.

뚜루루루 뚜루루루.

신호가 가는 동안 나는 연거푸 심호흡을 했다.

"여보세요."

"아…… 아저씨, 전데요."

내 말 뒤에 잠시 침묵이 흘렀다. 곧이어 쨍쨍한 목소리가 들렸다.

"오! 어제 자전거 탔던 학생?"

"……네."

"무슨 일이야? 많이 아파?"

"그게, 저……?"

"왜 그래? 아프면 솔직히 말해."

아저씨의 재촉이 서글펐다. 나는 액정의 균열*을 바라본 채 입술을 악물었다.

"저…… 나중에 알았는데요. 집에 와서 보니 핸드폰이 깨져 있었어요."

"뭐라고? 학생, 핸드폰 없다며?"

"그러니까, 친구 건데요. 제 가방에 있었어요. 어제 보셨죠? 저랑……"

---

* **균열** 거북의 등에 있는 무늬처럼 갈라져 터짐.

"아아, 같이 자전거 탔던 친구?"

"네, 네에."

다시 정적이 흘렀다. 내 말을 듣고 지금 무슨 생각 중일까? 가슴이 마구 뛴다. 아저씨가 잠시 후에 한마디 했다.

"몸은 이상 없고?"

"네에. 살짝 까져서 쓰라리긴 한데, 이 정도는…… 하하."

으윽, 왠지 말투가 비굴하게 나갔다. 이러다 의심받는 건 아니겠지.

"그래, 아저씨가 일 마치는 대로 들를게. 학생 주소가 어떻게 되지?"

나는 아저씨에게 고분고분 집 주소를 불러 주었다.

"야 인마, 너는 맨날 게임질이냐?"

깜짝 놀랐다. 우리 엄마 아빠 인기척이 없어서 늘 게임하다 들키고 만다. 자동차가 있으면 그 소리로 알아듣겠는데, 그냥 들이닥친다. 초인종 있는 우아한 집에서 살고 싶다.

"이번 판만 하고 끝내려고 했어요."

사실이었다. 일곱 시부터 시작하는 판은 무조건 마지막 판이다. 끝나도 부모님이 안 오니까 자꾸 번복돼서 그렇지만.

"어머나! 이게 뭐야?"

화장실에서 화들짝 놀란 엄마의 목소리가 들렸다. 생각해 보니 아까 피 묻은 러닝셔츠를 대야에 담가 놓고 그냥 나왔다.

놀랄 만했겠다.

"김현성!"

"아, 왜!"

"이거 어쩌다 이런 거야?"

벽 하나를 건너 들려오는 엄마 말투에 가시가 있었다. 날 위한다기보다는 어디서 칠칠맞지 못하게 굴다가 다쳤느냐고 묻는 것 같았다. 순간 신경질이 났다.

"나, 차에 치였거든! 그 정도만 다친 걸 다행인 줄 알아."

나는 과시하듯이 말했다.

"도대체가 아들이 다쳤다는데 걱정을 안 해요, 걱정을."

그때, 아빠가 부엌에서 튀어나왔다.

"뭐, 뭐 인마! 차에 치였다고?"

이건 무슨 상황이지. 뭔가 분위기가 이상했다. 엄마도 심각한 얼굴로 물어봤다.

"언제 그랬어?"

오늘이라고 하면 이따 오는 옥수수 트럭 아저씨가 설명이 안 되는데.

"어, 어제."

"어제? 그런데 왜 얘기 안 했어, 인마!"

아빠 목소리가 더 높아졌다. 풀 수 없는 매듭이 마구 엉키는 느낌이 들었다.

"어젠 참을 만했는데……."

"참을 게 따로 있지. 차 사고 난 걸 하루 지나도록 말 안 하면 어떡해!"

엄마가 인상을 잔뜩 찌푸렸다.

아빠가 얼음장 같은 목소리로 내게 물었다.

"누가 그랬어?"

차마 옥수수 트럭 아저씨라고 내 입으로 덮어씌울 수가 없었다.

"누가 그랬냐고!"

천장이 들썩일 정도로 큰 고함에 내 몸이 바짝 쪼그라들었다.

"이따 일 마치고 들른다고 했어요."

"뭐? 일을 마치고 와? 뺑소니 새끼가 어디 사람 목숨 귀한 줄 모르고!"

착한 아저씨한테 뺑소니 새끼라니.

"온다고 했으니까 그러지 마요."

아빠가 내 변호에 아랑곳없이 씩씩거렸다. 그러고 나서 잠시 후였다.

똑똑똑.

"계십니까?"

쨍쨍한 목소리, 옥수수 트럭 아저씨다. 하필 이 순간에! 타이밍이 안 좋은 쪽으로는 최고다. 엄마가 문을 열었다.

"이 사람이야?"

2부 · 고민의 깊이

아빠는 눈을 번뜩이며 내게 물었다. 나는 차마 말로는 대답하지 못하고 고개만 끄덕였다. 아빠가 곧장 총알처럼 튀어 나가 아저씨의 멱살을 잡았다.

"야, 이 새끼야! 사람을 쳤으면 바로 병원에 데려갔어야 할 것 아냐!"

"아, 저……."

아저씨는 크게 당황해서 뭔가 말하려고 했다. 하지만 아빤 틈을 주지 않았다.

"피 묻은 옷을 애 혼자 빨게 놔둬? 콩밥 먹을 줄 알아, 이 뺑소니 새끼야."

아저씨를 감싸 주고 싶었지만 입이 떨어지지 않았다. 멱살 잡힌 아저씨가 날 봤다. 나는 외면했다.

결국 나는 입원했다. 난생처음이었다.

팔다리가 부러지거나 심각한 병일 때만 입원하는 줄 알았다. 그런데 전치 이 주*로 드러누웠다. 몸이 멀쩡한데도 말이다. 이 정도가 입원이면 지금까지 백 번도 넘게 했어야 한다.

아빠는 어젯밤 무조건 날 입원시키면서 당분간 꼼짝 않고 누워 있으라고 했다. 황금 주말이 다 날아갔다. 깁스도 없이 입

---

* **전치 이 주** 병원의 진단으로 2주일 정도의 치료를 요하는 부상. '전치(全治)'는 병을 완전히 고침을 뜻하는 말.

원이라니 왠지 폼이 안 난다.

똑똑똑.

병실 문이 열렸다. 안에 있던 환자들이 모두 쳐다보았다. 친구 재준이였다.

"여어, 왔냐"

"어. 너희 부모님은?"

"나갔지. 주말에도 바쁘시잖냐"

그 말에 재준이가 반색하며 내 옆에 앉아 촐싹거리기 시작했다.

"너 입원까지 할 정도였냐?"

"아니, 조금 다쳤어. 나도 쪽팔리고 답답해 죽겠다, 야"

나랑 재준이는 그 뒤로 한참을 노닥거렸다. 그렇게 십 분쯤 지났을까.

"야"

재준이 목소리가 심각해졌다. 나는 녀석이 본론을 말할 것을 눈치챘다.

"십오만 원 나왔다"

"뭐가? 스마트폰 수리비가?"

재준이는 고개만 끄덕거렸다. 친구인 나한테 그 돈을 달라고 차마 입으로 말하지 못할 뿐이었다. 녀석은 우리 집 형편을 뻔히 다 알았다.

"야, 걱정하지 마. 물어 줄게!"

말은 이렇게 했지만 솔직히 나도 내 돈으로 물어 줄 엄두가 나지 않았다. 십오만 원이 뉘 집 똥개 이름도 아니고.

재준이 녀석은 볼일이 끝나자 일어섰다.

"푹 쉬고, 월요일에 못 나오면 얘기해라. 내가 선생님한테 말해 줄게."

"다음엔 먹을 것 좀 사 와라, 인마."

내가 작별 인사 대신 쏘아붙이자, 녀석이 씩 웃고는 사라졌다.

십오만 원을 어떻게 해결해야 할까. 나는 침대에 앉아 고민했다. 그때 바로 옆에 누워 있던 할아버지가 말을 걸었다.

"학생은 운동하다 다쳤남?"

"아뇨, 교통사고요."

"그럼 꼼짝 말고 누워 있어야 혀. 그래야 합의금도 받는 거여."

순간 귀가 번쩍 뜨였다.

"합의금요?"

"고럼, 학생 일주일만 누워 있으면 오십만 원 넘게 받아."

아빠한테는 듣지 못했던 말이었다. 나는 궁금한 것을 더 물어보았다.

"그럼 이 주 동안 입원하면요?"

할아버지는 전문가라도 된 양 진지하게 인상을 찌푸렸다.

"뭐, 백만 원 가까이 받겠네."

백만 원! 머리가 띵해졌다. 그 돈이면 재준이 수리비를 갚고
도 많이 남는다. 고물 컴퓨터를 최신형으로 바꿀 수도 있겠다.
아니면 스마트폰을 장만할까?

그때 맞은편에 있던 대학생 형이 할아버지의 말에 딴죽을
걸었다.

"에이, 그건 직장인 얘기죠. 쟤는 학생이라 빨리 퇴원해야
돈 더 줘요."

나랑 똑같이 교통사고로 입원한 형이었다. 아마도 더 잘 알
것 같았다.

"아, 그게 그런가? 어째 그런 겨?"

할아버지와 대학생 형의 반쯤 알 수 없는 이야기가 오갔다.
분명한 건 드러누우면 일단 합의금이 나온다는 사실이었다.
나머지는 아빠가 알아서 하실 거였다.

딱딱했던 침대가 푹신하게 느껴졌다. 이 주일쯤 너끈히 버
틸 수 있을 것 같았다. 학교도 안 가고 일석이조였다. 당장 핸
드폰 대리점으로 달려가고 싶었다. 괜스레 미소가 지어졌다.

똑똑똑.

백만 원의 환상에 빠져 한참을 허우적거리던 그때, 노크 소
리와 함께 병실 문이 열렸다. 환자들이 모두 쳐다보았다.

촌스러운 옷차림, 커다란 덩치, 순한 얼굴. 다름 아닌 옥수
수 트럭 아저씨였다!

아저씨가 입가에만 미소를 띤 채로 내 옆에 섰다. 나도 모르게 시선을 피했다. 눈을 마주칠 수 없었다. 어젯밤 멱살을 잡혔던 아저씨의 모습이 떠올랐다. 갑자기 공기가 답답해졌다.

"많이 괜찮아졌니?"

"네."

아저씨가 물끄러미 날 바라보다가 검은 봉지를 내밀었다.

"자, 출출할 때 먹어."

꾸벅 인사하고 받아 보니 뜨끈뜨끈했다. 아무래도 옥수수 같았다. 아저씨는 계속 겸연쩍게* 웃고만 있었다.

"학생, 미안해."

"네?"

"그저께 바로 병원으로 데려갔어야 했는데 그러질 못했어."

"아, 아니에요!"

"내 머리가 어떻게 됐었나 봐. 미안해."

자기가 진짜 뺑소니를 친 것처럼 말했다. 어쩌면 잘된 건지도 몰랐다.

그리고 한동안 침묵이 흘렀다. 서로 아무 말도 않고 있으니 무척 어색했다.

삐리리리 삐리리리.

그때 마침 아저씨의 핸드폰이 울렸다. 아저씨가 낡디낡은

* **겸연쩍다** 쑥스럽거나 미안하여 어색하다.

핸드폰을 꺼냈다.

"어, 여보."

부인인 것 같았다. 통화를 나누는 아저씨 말투엔 다정함과 다급함이 섞여 있었다.

"뭐라고?"

갑자기 아저씨가 당황해하면서 주위의 눈치를 살폈다. 나와도 눈이 한 번 마주쳤다. 내게 잠시 기다려 달라고 눈짓하고는 병실 바깥으로 나갔다. 무슨 일인지 살짝 궁금해졌다.

일 분쯤 지났을까. 옆의 할아버지가 담배와 링거를 들고 어슬렁어슬렁 병실 밖으로 나갔다. 에어컨 틀었는데 문을 안 닫았다. 아, 저 할아버지 진짜…….

복도의 어수선한 잡음이 크게 들려오기 시작했다. 다른 환자들은 아무도 신경 쓰지 않는 분위기였다. 나는 눈살을 찌푸리며 문 열린 쪽을 바라보았다.

아저씨가 보였다. 문 옆에 뒤돌아서서 굳은 자세로 통화하고 있었다.

뒷모습을 보니 핸드폰만 낡은 게 아니었다. 빛바래고 목이 늘어난 티셔츠, 쭈글쭈글하고 헐렁한 반바지, 낡은 운동화를 구겨 신은 모습…….

주의를 기울이자 쩌렁쩌렁한 아저씨 목소리도 간간이 들리기 시작했다. 어느 순간 '중환자실'이라는 말이 들렸다. 뒤이어 '산소 호흡기'도 알아들었다. 이거 설마 내 얘기는 아니겠지?

여기까지 파악했을 때 아저씨가 통화를 끝내고 다시 병실로 들어왔다. 나는 텔레비전을 보는 척하다 아저씨가 다가올 때 자연스럽게 쳐다보았다.

아저씨 표정이 아까보다 더 어두워졌다.

"학생, 미안한데 오래 못 있겠어."

"왜요, 무슨 일 있어요?"

아저씨는 탄식이 섞인 한숨을 뱉었다.

"늦둥이 아기가 있는데, 많이 아파."

"아…… 아기요? 어디가 아픈데요?"

"천식.* 응급실 자주 가는데, 이번엔 심각한가 봐. 방금 중환자실로 옮겼대."

"……"

"사실, 학생이랑 사고 났을 때가 아기 상태 심각하대서 장사 접고 달려가던 참이었어. 그땐 너무 정신없어서 연락처만 남겼던 거야."

아저씨의 말에 아무런 대꾸도 할 수가 없었다. 갑자기 머리가 혼란스러웠다. 왠지 선글라스 아저씨가 이 광경을 봤다면 나를 실컷 비웃을 것 같았다.

"학생 이름이 현성이라고 했지?"

"네? 아, 네."

＊**천식** 기관지에 경련이 일어나는 병. 숨이 가쁘고 기침이 나며 가래가 심하다.

"현성아, 아빠한테 잘 좀 말해 줘. 아까 오면서 통화했는데, 나를 뺑소니로 고소하겠대. 내가 그래도 노력했잖니?"

"……네, 맞아요."

이 아저씨가 뺑소니라니. 아빠는 한술 더 뜨고 있었다. 서글 프게 웃는 아저씨를 보니 내 마음이 아려 오기 시작했다.

아저씨가 주머니를 주섬주섬 뒤지고는 무언가를 꺼내어 내게 내밀었다.

"급하게 오느라 음료수도 못 사 왔네. 나중에 맛있는 거라 도 사 먹어."

만 원짜리 지폐였다. 그것도 땀에 절어 쭈글쭈글 시든 배춧 잎이었다.

"아, 아니에요. 괜찮아요!"

"괜찮긴, 어서 받아."

아저씨가 뿌리치는 내 손을 꼭 붙잡고는 손바닥에 만 원을 쥐여 주었다. 나는 잡힌 손을 어색하게 바라보았다.

그런데 이상했다. 아저씨가 그 상태로 한참 동안 내 손을 놓 아주질 않는다.

"우리 아들 도원이가 이렇게 건강하게만 자라 주면 소원이 없겠는데……"

이 말을 하고 나서야 꼭 잡았던 손을 놓아주었다. 평소라면 짜증 냈을 텐데, 시름*에 깊이 잠긴 목소리 때문에 그럴 수가 없었다. 내 손엔 아직 아저씨의 따뜻한 기운이 남아 있었다.

"몸조리 잘하고 나중에 또 보자."

아저씨가 순박하게 웃으며 손을 흔들었다. 나는 그저 말없이 고개만 꾸벅했다.

아저씨의 인기척이 완전히 사라진 뒤에, 검은 봉지를 열어 보았다. 안에 옥수수와 계란빵이 가득 들어 있었다. 그중에서 가장 먹음직스러워 보이는 옥수수를 꺼내 들었다. 손에 쥐어 보니 뜨끈뜨끈했다. 내 손바닥을 꼬옥 잡아 줬던 아저씨의 손과 느낌이 비슷했다.

옥수수를 한 입 베어 먹어 보았다. 차지고* 쫄깃쫄깃한 옥수수 알갱이가 입안에서 돌아다녔다. 달콤하고 고소했다.

문득 아저씨의 허름했던 뒷모습이 떠올랐다. 그러자 아저씨가 생계를 꾸려 나가는 모습이 자연스럽게 그려졌다.

오늘도 나가서 열심히 옥수수를 팔겠지. 늦둥이 병원비 마련하느라 자기는 옷이나 신발도 못 샀을 거다. 당연히 스마트폰은 꿈도 못 꾸고.

또 다른 내 손엔 만 원짜리 한 장이 들려 있었다. 꼬깃꼬깃 볼품없는 지폐였다. 아저씨가 옥수수 몇 개를 팔아야 이걸 버는 걸까? 오늘도 여기저기 수습하느라 하나도 못 판 건 아닐

* **시름** 마음에 걸려 풀리지 않고 항상 남아 있는 근심과 걱정.
* **차지다** 반죽이나 밥, 떡 따위가 끈기가 많다.

까? 점점 입안의 옥수수 감촉이 불편해졌다.

어쩌면 지금 나는 옥수수가 아닌, 가진 것 없는 아저씨의 살점을 뜯었는지도 모른다.

정신이 번쩍 들었다. 주위를 한번 둘러보았다. 이 병실에는 아파서 들어온 환자만 있는 게 아니었다. 안 그러면 대학생 형이 저렇게 병실을 자주 비울 리가 없었다. 그런데 돌아와 환자복만 입으면 신기하게도 죽은 사람처럼 누워 있었다.

그건 나도 마찬가지였다. 나 역시 죽어 있었다. 그 대가로 백만 원을 받는 것이었다. 한번 죽은 척하고 성능 좋은 컴퓨터와 멋진 스마트폰을 장만할 계획이었다.

그런데 정말 죽을지도 모르는 사람이 생각났다. 옥수수 아저씨의 늦둥이 아기였다. 산소 호흡기를 쓰고 힘겹게 숨 쉬는 그 녀석은 진짜였다. 내 손에 들린 옥수수는 아직 따뜻했다.

나는 곧바로 자리에서 일어났다. 그리고 재빨리 평상복으로 갈아입었다.

밖으로 급하게 뛰어가다가 복도에서 옆자리 할아버지와 마주쳤다.

"학생, 어디 가는 겨?"

나는 들은 체도 하지 않고 계속 달려 병동 밖으로 뛰쳐나왔다.

옥수수 아저씨, 선글라스 개새끼, 부모님, 재준이가 번갈아 떠올랐다. 미쳐 버릴 것같이 숨이 가빴다. 누구든 먼저 마주치면 이 기분을 다 쏟아 낼 것이다.

내 손이 뜨겁게 달아올랐을 즈음, 저 멀리 빛바랜 현수막이 눈에 들어왔다.

'삶은 옥수수, 영양 계란빵 세 개 이천 원.'

1. 다음은 작품에 나오는 인물들의 말이나 행동, 생각을 하나씩 뽑은 것이
   다. 이를 통해 인물의 특성을 파악해 보자.

등장 인물	말과 행동, 생각	인물의 특성
나 (김현성)	그런데 정말 죽을지도 모르는 사람이 생각났다. 옥수수 아저씨의 늦둥이 아기였다. 산소 호흡기를 쓰고 힘겹게 숨 쉬는 그 녀석은 진짜였다. 내 손에 들린 옥수수는 아직 따뜻했다. 나는 곧바로 자리에서 일어났다. 그리고 재빨리 평상복으로 갈아입었다.	
옥수수 아저씨	"급하게 오느라 음료수도 못 사 왔네. 나중에 맛있는 거라도 사 먹어." 만 원짜리 지폐였다. 그것도 땀에 절어 쭈글쭈글 시든 배춧잎이었다.	
선글라스 아저씨	"야, 인마! 어딜 보고 다니는 거야?" 정신을 차려 보니 선글라스를 쓴 아저씨가 팔짱을 낀 채로 내 앞에 서 있었다. 갑자기 요리조리 주위를 살폈다. (중략) 승용차에 급히 타면서 말했다. "앞으로 조심해라!"	

2. 이 소설에서 내가 생각하는 뺑소니범은 누구이며 그 이유는 무엇인지 적어 보자.

3. '나'는 옥수수 아저씨가 다녀간 뒤 병동을 뛰쳐나간다. 이후 펼쳐질 뒷 이야기를 상상하여 써 보자.

4. 다음 '작가의 말'을 참고하여 자기 주변이나 사회에서 벌어지는 일 중 '뺑소니'라고 부를 만한 부끄러운 사건들을 찾아보자. 그리고 그것이 왜 뺑소니라고 생각하는지 적어 보자.

'뺑소니'라는 게 교통사고에만 해당하는 말은 아니더군요. 그래서 생각해 봤습니다. 삶의 수많은 선택 가운데 나는 뺑소니치지 않았나. 인생의 운전자인 여러분은 어떤가요?

—'작가의 말' 중에서

내가 찾은 뺑소니 사고:

예시 > 학교 급식 시간에 내가 실수로 물을 엎질러 친구의 옷이 젖고 말았다.

그런데 축구를 하자며 다른 친구들이 부르는 통에, 엎지른 물을 닦고 친구에게

미안하다고 사과도 하지 않고 운동장으로 달려가 버렸던 적이 있다.

나도 모르게 순간적으로 그 자리를 피해 버리고 말았는데, 친구 입장에서는

사과도 듣지 못하고 얼마나 어이가 없었을지 생각하면 뺑소니와 다름없다.

2부 · 고민의 깊이

동백꽃

김
유
정

김유정

소설가. 1908년 강원도 춘천에서 태어났다. 연희전문학교 문과를 다니다 중퇴했다. 농촌
계몽 운동에 앞장서고 '구인회'에 가입하여 활발히 활동했으나 1937년 폐결핵으로 세상
을 떠났다. 1933년 「산골 나그네」를 발표했고, 1935년 조선일보 신춘문예에 「소낙비」가
당선되었다. 대표작으로 「만무방」, 「봄·봄」, 「동백꽃」, 「땡볕」 등이 있다.

✦ 읽기 전에 ✦

여러분은 혹시 노란 동백꽃을 본 적이 있나요? 우리가 알고 있는
동백나무 꽃은 붉은색이지요. 이 소설에 나오는 동백꽃은 이른 봄
에 피는 생강나무의 노란 꽃을 말합니다. 작가의 고향인 강원도에
서는 생강나무 꽃을 동백꽃이라 부른다고 해요. 생강나무는 잎과
줄기 그리고 노란 꽃에서 생강 냄새가 난다고 합니다. 그 노랗고
알싸한 동백꽃 속으로 폭 파묻혀 버린 산골 소년과 소녀, 둘 사이
에 무슨 일이 있었을까요? 마음에 드는 친구가 있다면 어떻게 표
현하고 싶은지를 생각하면서 소설을 읽어 보세요. 내 마음을 직접
당당하게 전할지, 아니면 쑥스러워 주위를 빙빙 돌며 애만 태울 것
같은지 상상하며 읽는다면 훨씬 흥미진진할 겁니다. 무엇보다 좋
아하는 사람이 있다는 것은 생각만 해도 참 행복한 일이니, 그 마
음을 소중히 여길 수 있기를 바랍니다.

오늘도 또 우리 수탉이 막 쪼이었다. 내가 점심을 먹고 나무를 하러 갈 양으로 나올 때이었다. 산으로 올라서려니까 등 뒤에서 푸드덕푸드덕하고 닭의 횃소리*가 야단이다. 깜짝 놀라며 고개를 돌려 보니 아니나 다르랴, 두 놈이 또 얼리었다.

　점순네 수탉(은 대강이*가 크고 똑 오소리같이 실팍하게* 생긴 놈)이 덩저리* 작은 우리 수탉을 함부로 해내는* 것이다. 그것도 그냥 해내는 것이 아니라 푸드덕하고 면두*를 쪼고 물러섰다가 좀 사이를 두고 또 푸드덕하고 모가지를 쪼았다. 이렇게 멋을 부려 가며 여지없이 닦아 놓는다. 그러면 이 못생긴 것은 쪼일 적마다 주둥이로 땅을 받으며 그 비명이 킥, 킥 할 뿐이다. 물론 미처 아물지도 않은 면두를 또 쪼이어 붉은 선혈은 뚝뚝 떨어진다.

* **횃소리** 닭이 올라앉은 나무 막대 '홰'를 치는 소리.
* **대강이** '머리'를 속되게 이르는 말.
* **실팍하다** 사람이나 물건 따위가 보기에 매우 실하다.
* **덩저리** '덩치'의 사투리.
* **해내다** 상대편을 여지없이 이겨 내다.
* **면두** '볏'의 사투리.

이걸 가만히 내려다보자니 내 대강이가 터져서 피가 흐르는 것같이 두 눈에서 불이 버쩍 난다. 대뜸 지게막대기를 메고 달려들어 점순네 닭을 후려칠까 하다가 생각을 고쳐먹고 헛매질로 떼어만 놓았다.

이번에도 점순이가 쌈을 붙여 났을 것이다. 바짝바짝 내 기를 올리느라고 그랬음에 틀림없을 것이다.

고놈의 계집애가 요새로 들어서서 왜 나를 못 먹겠다고 고렇게 아르렁거리는지 모른다.

나흘 전 감자 쪼간*만 하더라도 나는 저에게 조금도 잘못한 것은 없다.

계집애가 나물을 캐러 가면 갔지 남 울타리 엮는 데 쌩이질* 을 하는 것은 다 뭐냐. 그것도 발소리를 죽여 가지고 등 뒤로 살며시 와서

"얘! 너 혼자만 일하니?"
하고 긴치 않은 수작을 하는 것이다.

어제까지도 저와 나는 이야기도 잘 않고 서로 만나도 본척만척하고 이렇게 점잖게 지내던 터이련만 오늘로 갑작스레 대견해졌음은 웬일인가. 항차 망아지만 한 계집애가 남 일하는 놈보고…….

* 쪼간 어떤 사건.
* 쌩이질 한창 바쁠 때에 쓸데없는 일로 남을 귀찮게 구는 짓.

2부 · 고민의 깊이

"그럼 혼자 하지 때루 하디?"

내가 이렇게 내뱉은 소리를 하니까

"너 일하기 좋니?"

또는

"한여름이나 되거던 하지 벌써 울타리를 하니?"

잔소리를 두루 늘어놓다가 남이 들을까 봐 손으로 입을 틀어막고는 그 속에서 깔깔댄다. 별로 우스울 것도 없는데 날씨가 풀리더니 이놈의 계집애가 미쳤나 하고 의심하였다. 게다가 조금 뒤에는 즈 집께를 할금할금 돌아다보더니 행주치마*의 속으로 꼈던 바른손을 뽑아서 나의 턱 밑으로 불쑥 내미는 것이다. 언제 구웠는지 아직도 더운 김이 홱 끼치는 굵은 감자세 개가 손에 뿌듯이 쥐었다.

"느 집엔 이거 없지?"

하고 생색 있는 큰소리를 하고는 제가 준 것을 남이 알면은 큰일 날 테니 여기서 얼른 먹어 버리란다. 그리고 또 하는 소리가

"너 봄 감자가 맛있단다."

"난 감자 안 먹는다, 니나 먹어라."

나는 고개도 돌리려지 않고 일하던 손으로 그 감자를 도로 어깨 너머로 쑥 밀어 버렸다.

그랬더니 그래도 가는 기색이 없고, 뿐만 아니라 쌔근쌔근

---

* **행주치마** 부엌일을 할 때 옷을 더럽히지 않으려고 덧입는 작은 치마.

하고 심상치 않게 숨소리가 점점 거칠어진다. 이건 또 뭐야 싶어서 그때에야 비로소 돌아다보니 나는 참으로 놀랐다. 우리가 이 동리에 들어온 것은 근 삼 년째 되어 오지만 여지껏 가무잡잡한 점순이의 얼굴이 이렇게까지 홍당무처럼 새빨개진 법이 없었다. 게다 눈에 독을 올리고 한참 나를 요렇게 쏘아보더니 나중에는 눈물까지 어리는 것이 아니냐. 그리고 바구니를 다시 집어 들더니 이를 꼭 악물고는 엎더질 듯 자빠질 듯 논둑으로 힁허케 달아나는 것이다.

어쩌다 동리 어른이

"너 얼른 시집을 가야지?"

하고 웃으면

"염려 마서유. 갈 때 되면 어련히 갈라구!"

이렇게 천연덕스레 받는 점순이었다. 본시 부끄럼을 타는 계집애도 아니거니와 또한 분하다고 눈에 눈물을 보일 얼병이*도 아니다. 분하면 차라리 나의 등어리를 바구니로 한 번 모질게 후려 쌔리고 달아날지언정.

그런데 고약한 그 꼴을 하고 가더니 그 뒤로는 나를 보면 잡아먹으려고 기를 복복 쓰는 것이다.

설혹 주는 감자를 안 받아먹은 것이 실례라 하면, 주면 그냥 주었지 "느 집엔 이거 없지"는 다 뭐냐. 그렇잖아도 즈이는 마

---

* 얼병이 얼뜨기.

름*이고 우리는 그 손에서 배재*를 얻어 땅을 부치므로 일상 굽실거린다. 우리가 이 마을에 처음 들어와 집이 없어서 곤란 으로 지낼 제 집터를 빌리고 그 위에 집을 또 짓도록 마련해 준 것도 점순네의 호의이었다. 그리고 우리 어머니 아버지도 농 사 때 양식이 달리면 점순네한테 가서 부지런히 꾸어다 먹으 면서 인품 그런 집은 다시없으리라고 침이 마르도록 칭찬하고 하는 것이다. 그러면서도 열일곱씩이나 된 것들이 수군수군하 고 붙어 다니면 동리의 소문이 사납다고 주의를 시켜 준 것도 또 어머니였다. 왜냐하면 내가 점순이하고 일을 저질렀다가는 점순네가 노할 것이고, 그러면 우리는 땅도 떨어지고 집도 내 쫓기고 하지 않으면 안 되는 까닭이었다.

그런데 이놈의 계집애가 까닭 없이 기를 복복 쓰며 나를 말 려 죽이려고 드는 것이다.

눈물을 흘리고 간 그담 날 저녁나절이었다. 나무를 한 짐 잔 뜩 지고 산을 내려오려니까 어디서 닭이 죽는 소리를 친다. 이 거 뉘 집에서 닭을 잡나 하고 점순네 울 뒤로 돌아오다가 나는 고만 두 눈이 뚱그레졌다. 점순이가 즈 집 봉당*에 홀로 걸터앉 았는데, 아 이게 치마 앞에다 우리 씨암탉을 꼭 붙들어 놓고는

"이놈의 닭! 죽어라, 죽어라."

* **마름** 지주를 대리하여 소작권을 관리하는 사람.
* **배재** 마름과 소작인이 주고받는 소작권 위임 문서.
* **봉당** 방에 들어가는 문 앞에 좀 높이 편평하게 다진 흙바닥.

요렇게 암팡스레* 패 주는 것이 아닌가. 그것도 대가리나 치면 모른다마는 아주 알도 못 낳으라고 그 볼기짝께를 주먹으로 콕콕 쥐어박는 것이다.

나는 눈에 쌍심지가 오르고 사지가 부르르 떨렸으나 사방을 한번 휘돌아보고야 그제서 점순이 집에 아무도 없음을 알았다. 잡은 참 지게막대기를 들어 울타리의 중턱을 후려치며

"이놈의 계집애! 남의 닭 알 못 낳으라구 그러니?"

하고 소리를 빽 질렀다.

그러나 점순이는 조금도 놀라는 기색이 없고 그대로 의젓이 앉아서 제 닭 가지고 하듯이 또 죽어라, 죽어라 하고 패는 것이다. 이걸 보면 내가 산에서 내려올 때를 겨냥해 가지고 미리부터 닭을 잡아 가지고 있다가 네 보란 듯이 내 앞에 쒜지르고* 있음이 확실하다.

그러나 나는 그렇다고 남의 집에 뛰어 들어가 계집애하고 싸울 수도 없는 노릇이고 형편이 썩 불리함을 알았다. 그래 닭이 맞을 적마다 지게막대기로 울타리나 후려칠 수밖에 별도리가 없다. 왜냐하면 울타리를 치면 칠수록 울섶*이 물러앉으며 뼈대만 남기 때문이다. 하나 아무리 생각하여도 나만 밑지는 노릇이다.

* **암팡스레** 몸은 작아도 야무지고 다부진 면이 있게.
* **쒜지르다** 주먹으로 힘껏 내지르다.
* **울섶** 울타리를 만드는 데 쓰는 섶나무.

2부 · 고민의 깊이

"아, 이년아! 남의 닭 아주 죽일 터이냐?"

내가 도끼눈을 뜨고 다시 꽥 호령을 하니까 그제서야 울타리께로 쪼르르 오더니 울 밖에 섰는 나의 머리를 겨누고 닭을 내팽개친다.

"예이 더럽다! 더럽다!"

"더러운 걸 널더러 입때* 끼고 있으랬니? 망할 계집애 년 같으니."

하고 나도 더럽단 듯이 울타리께를 힁허케 돌아내리며 약이 오를 대로 다 올랐다,라고 하는 것은 암탉이 풍기는 서슬에 나의 이마빼기에다 물찌똥을 찍 깔겼는데 그걸 본다면 알집만 터졌을 뿐 아니라 골병은 단단히 든 듯싶다.

그리고 나의 등 뒤를 향하여 나에게만 들릴 듯 말 듯한 음성으로

"이 바보 녀석아!"

"얘! 너 배냇병신*이지?"

그만도 좋으련만

"얘! 너 느 아버지가 고자*라지?"

"뭐? 울 아버지가 그래 고자야?"

할 양으로 열벙거지*가 나서 고개를 홱 돌리어 바라봤더니 그

---

* **입때** 여태.
* **배냇병신** '선천 기형'을 낮잡아 이르는 말.
* **고자** 생식 기관이 불완전한 남자.

때까지 울타리 위로 나와 있어야 할 점순이의 대가리가 어디 갔는지 보이지를 않는다. 그러다 돌아서서 오자면 아까에 한 욕을 울 밖으로 또 퍼붓는 것이다. 욕을 이토록 먹어 가면서도 대거리 한마디 못 하는 걸 생각하니 돌부리에 채어 발톱 밑이 터지는 것도 모를 만치 분하고 급기야는 두 눈에 눈물까지 불끈 내솟는다.

그러나 점순이의 침해는 이것뿐이 아니다.

사람들이 없으면 틈틈이 즈 집 수탉을 몰고 와서 우리 수탉과 쌈을 붙여 놓는다. 즈 집 수탉은 썩 험상궂게 생기고 쌈이라면 홰를 치는 고로* 으레 이길 것을 알기 때문이다. 그래서 툭 하면 우리 수탉이 면두며 눈깔이 피로 흐드르하게 되도록 해 놓는다. 어떤 때에는 우리 수탉이 나오지를 않으니까 요놈의 계집애가 모이를 쥐고 와서 꼬여 내다가 쌈을 붙인다.

이렇게 되면 나도 다른 배채*를 차리지 않을 수 없다. 하루는 우리 수탉을 붙들어 가지고 넌지시 장독께로 갔다. 쌈닭에게 고추장을 먹이면 병든 황소가 살모사를 먹고 용을 쓰는 것처럼 기운이 뻗친다 한다. 장독에서 고추장 한 접시를 떠서 닭주둥아리께로 들이밀고 먹여 보았다. 닭도 고추장에 맛을 들였는지 거스르지 않고 거진 반 접시 턱이나 곧잘 먹는다.

* **열벙거지** 매우 급하게 치밀어 오르는 화증.
* **쌈이라면 홰를 치는 고로** 싸움이라면 대단히 신이 나거나 좋아서.
* **배채** 어떤 일을 하기 위한 꾀.

그리고 먹고 금세는 용을 못 쓸 터이므로 얼마쯤 기운이 돌도록 홰 속에다 가두어 두었다.

밭에 두엄*을 두어 짐 져 내고 나서 쉴 참에 그 닭을 안고 밖으로 나왔다. 마침 밖에는 아무도 없고 점순이만 즈 울안에서 헌 옷을 뜯는지 혹은 솜을 타는지* 옹크리고 앉아서 일을 할 뿐이다.

나는 점순네 수탉이 노는 밭으로 가서 닭을 내려놓고 가만히 맥을 보았다. 두 닭은 여전히 얼리어 쌈을 하는데 처음에는 아무 보람이 없다. 멋지게 쪼는 바람에 우리 닭은 또 피를 흘리고 그러면서도 날갯죽지만 푸드덕푸드덕하고 올라 뛰고 뛰고 할 뿐으로 제법 한번 쪼아 보도 못한다.

그러나 한번엔 어쩐 일인지 용을 쓰고 펄쩍 뛰더니 발톱으로 눈을 하비고* 내려오며 면두를 쪼았다. 큰 닭도 여기에는 놀랐는지 뒤로 멈씰하며 물러난다. 이 기회를 타서 작은 우리 수탉이 또 날쌔게 덤벼들어 다시 면두를 쪼니 그제서는 감때 사나운* 그 대강이에서도 피가 흐르지 않을 수 없다.

옳다 알았다, 고추장만 먹이면은 되는구나 하고 나는 속으로 아주 쟁그라워* 죽겠다. 그때에는 뜻밖에 내가 닭쌈을 붙여

---

*두엄 풀, 짚 또는 가축의 배설물 따위를 썩힌 거름.
*솜을 타다 목화의 씨를 빼낸 솜을 부드럽게 펴 준다는 뜻.
*하비다 손톱 따위로 조금 긁어 파다.
*감때사납다 억세고 사납다.
*쟁그랍다 미운 사람의 실수를 볼 때처럼 아주 고소하다.

놓는 데 놀라서 울 밖으로 내다보고 섰던 점순이도 입맛이 쓴지 살을 찌푸렸다.

나는 두 손으로 볼기짝을 두드리며 연방

"잘한다! 잘한다!"

하고 신이 머리끝까지 뻗치었다.

그러나 얼마 되지 않아서 나는 넋이 풀리어 기둥같이 묵묵히 서 있게 되었다. 왜냐면 큰 닭이 한 번 쪼인 앙갚음으로 호들갑스레 연거푸 쪼는 서슬에 우리 수탉은 찔끔 못하고 막 곯는다. 이걸 보고서 이번에는 점순이가 깔깔거리고 되도록 이쪽에서 많이 들으라고 웃는 것이다.

나는 보다 못하여 덤벼들어서 우리 수탉을 붙들어 가지고 도로 집으로 들어왔다. 고추장을 좀 더 먹였더라면 좋았을 걸, 너무 급하게 쌈을 붙인 것이 퍽 후회가 난다. 장독께로 돌아와서 다시 턱 밑에 고추장을 들이댔다. 흥분으로 말미암아 그런지 당최 먹질 않는다.

나는 하릴없이* 닭을 반듯이 눕히고 그 입에다 궐련* 물부리*를 물리었다. 그리고 고추장물을 타서 그 구멍으로 조금씩 들이부었다. 닭은 좀 괴로운지 킥킥 하고 재채기를 하는 모양이나 그러나 당장의 괴로움은 매일같이 피를 흘리는 데 댈 게

* **하릴없다** 달리 어떻게 할 도리가 없다.
* **궐련** 얇은 종이로 가늘고 길게 말아 놓은 담배.
* **물부리** 담배를 끼워서 빠는 물건.

2부 · 고민의 깊이

아니라 생각하였다.

그러나 한 두어 종지가량 고추장물을 먹이고 나서는 나는 고만 풀이 죽었다. 싱싱하던 닭이 왜 그런지 고개를 살며시 뒤틀고는 손아귀에서 뻐드러지는* 것이 아닌가. 아버지가 볼까 봐서 얼른 홰에다 감추어 두었더니 오늘 아침에서야 겨우 정신이 든 모양 같다.

그랬던 걸 이렇게 오다 보니까 또 쌈을 붙여 놨으니 이 망한 계집애가, 필연 우리 집에 아무도 없는 틈을 타서 제가 들어와 홰에서 꺼내 가지고 나간 것이 분명하다.

나는 다시 닭을 잡아다 가두고 염려는 스러우나 그렇다고 산으로 나무를 하러 가지 않을 수도 없는 형편이었다.

소나무 삭정이*를 따며 가만히 생각해 보니 암만해도 고년의 목쟁이*를 돌려놓고 싶다. 이번에 내려가면 망할 년 등줄기를 한번 되게 후려치겠다 하고 싱둥겅둥* 나무를 지고는 부리나케 내려왔다.

거지반 집에 다 내려와서 나는 호드기* 소리를 듣고 발이 딱 멈추었다. 산기슭에 널려 있는 굵은 바윗돌 틈에 노란 동백꽃이 소보록하니 깔리었다. 그 틈에 끼여 앉아서 점순이가 청승

* 뻐드러지다 굳어서 뻣뻣하게 되다.
* 삭정이 살아 있는 나무에 붙어 있는, 말라 죽은 가지.
* 목쟁이 목덜미를 이루고 있는 뼈.
* 싱둥겅둥 건성건성.
* 호드기 버드나무 가지의 껍질이나 밀짚 토막 따위로 만든 피리.

맞게시리 호드기를 불고 있는 것이다. 그보다 더 놀란 것은 그 앞에서 또 푸드덕푸드덕하고 들리는 닭의 횃소리다. 필연코 요년이 나의 약을 올리느라고 또 닭을 집어내다가 내가 내려올 길목에다 쌈을 시켜 놓고 저는 그 앞에 앉아서 천연스레 호드기를 불고 있음에 틀림없으리라.

나는 약이 오를 대로 다 올라서 두 눈에서 불과 함께 눈물이 퍽 쏟아졌다. 나뭇지게도 벗어 놀 새 없이 그대로 내동댕이치고는 지게막대기를 뻗치고 허둥지둥 달려들었다.

가차이* 와 보니 과연 나의 짐작대로 우리 수탉이 피를 흘리고 거의 빈사지경*에 이르렀다. 닭도 닭이려니와 그러함에도 불구하고 눈 하나 깜짝 없이 고대로 앉아서 호드기만 부는 그 꼴에 더욱 치가 떨린다. 동리에서도 소문이 났거니와 나도 한때는 걱실걱실히* 일 잘하고 얼굴 이쁜 계집애인 줄 알았더니 시방 보니까 그 눈깔이 꼭 여우 새끼 같다.

나는 대뜸 달려들어서 나도 모르는 사이에 큰 수탉을 단매* 로 때려 엎었다. 닭은 푹 엎어진 채 다리 하나 꼼짝 못 하고 그대로 죽어 버렸다. 그리고 나는 멍하니 섰다가 점순이가 매섭게 눈을 흡뜨고* 닥치는 바람에 뒤로 벌렁 나자빠졌다.

* **가차이** '가까이'의 사투리.
* **빈사지경** 거의 죽게 된 처지나 형편.
* **걱실걱실하다** 성질이 너그러워 말과 행동이 시원스럽다.
* **단매** 단 한 번 때리는 매.
* **흡뜨다** 눈알을 위로 굴리고 눈시울을 위로 치뜨다.

"이놈아! 너 왜 남의 닭을 때려죽이니?"

"그럼 어때?"

하고 일어나다가

"뭐 이 자식아! 누 집 닭인데?"

하고 복장*을 떠미는 바람에 다시 벌렁 자빠졌다. 그러고 나서 가만히 생각을 하니 분하기도 하고 무안도 스럽고* 또 한편 일을 저질렀으니 인젠 땅이 떨어지고* 집도 내쫓기고 해야 될는지 모른다.

나는 비슬비슬 일어나며 소맷자락으로 눈을 가리고는 얼김에 엉 하고 울음을 놓았다. 그러다 점순이가 앞으로 다가와서

"그럼, 너 이담부턴 안 그럴 터냐?"

하고 물을 때에야 비로소 살길을 찾은 듯싶었다. 나는 눈물을 우선 씻고 뭘 안 그러는지 명색도 모르건만

"그래!"

하고 무턱대고 대답하였다.

"요담부터 또 그래 봐라, 내 자꾸 못살게 굴 터니."

"그래그래, 인젠 안 그럴 테야!"

"닭 죽은 건 염려 마라. 내 안 이를 테니."

그리고 뭣에 떠다 밀렸는지 나의 어깨를 짚은 채 그대로 픽

* 복장 가슴의 한복판.
* 무안도 스럽고 무안스럽고. 수줍거나 창피하여 볼 낯이 없고.
* 땅이 떨어지고 소작농이 농사를 지어 먹던 권리(경작권)를 빼앗기고.

쓰러진다. 그 바람에 나의 몸뚱이도 겹쳐서 쓰러지며 한창 피어 퍼드러진 노란 동백꽃 속으로 폭 파묻혀 버렸다.

알싸한 그리고 향긋한 그 냄새에 나는 땅이 꺼지는 듯이 온 정신이 고만 아찔하였다.

"너 말 마라."

"그래!"

조금 있더니 요 아래서

"점순아! 점순아! 이년이 바누질을 하다 말구 어딜 갔어!" 하고 어딜 갔다 온 듯싶은 그 어머니가 역정이 대단히 났다.

점순이가 겁을 잔뜩 집어먹고 꽃 밑을 살금살금 기어서 산 아래로 내려간 다음 나는 바위를 끼고 엉금엉금 기어서 산 위로 치빼지* 않을 수 없었다.

* 치빼다 냅다 달아나다.

1. 이 소설은 사건을 역순으로 엮어 서술하고 있다. 시간의 순서대로 배열하고 줄거리를 정리해 보자.

> ㉠ '나'가 나무를 하러 갈 때, 점순이가 닭싸움을 붙임.
> ㉡ 점순이가 준 '감자'를 '나'가 거절함.
> ㉢ 점순이가 '나'의 닭을 괴롭힘.
> ㉣ '나'가 닭에게 고추장을 먹이고 닭싸움을 붙였으나 '나'의 닭이 패함.
> ㉤ 나무를 하고 돌아오는 길목에서 '나'의 닭이 죽을 지경에 이르렀는데도 천연스레 호드기만 불고 있는 점순이 모습에 약이 올라 '나'는 점순네 닭을 때려죽임.
> ㉥ 점순이와 '나'는 화해한 후 노란 동백꽃 속으로 파묻힘.

순서: → → → → →

줄거리:

2. 다음과 같은 점순이의 말 속에는 어떤 감정이 숨어 있는지 생각해 보고, 점순이의 입장에서 '나'에게 솔직한 자신의 감정을 전달하는 편지를 적어 보자.

> • 더운 김이 홱 끼치는 굵은 감자 세 개를 손에 쥐여 주며, "느 집에 이거 없지?"
> • 나의 등 뒤를 향하여 나에게만 들릴 듯 말 듯한 음성으로, "이 바보 녀석아!"

3. 이 소설에는 재미와 생동감을 더해 주는 다양한 낱말들이 쓰였다. 밑줄 친
낱말의 의미를 추측해 보고, 정확한 뜻을 사전에서 찾아서 써 보자.

> · 점순네 수탉(은 대강이가 크고 똑 오소리같이 실팍하게 생긴 놈)
>   이 덩저리 작은 우리 수탉을 함부로 해내는 것이다.
> · 요렇게 암팡스레 패 주는 것이 아닌가. 그것도 대가리나 치면 모
>   른다마는 아주 알도 못 낳으라고 그 볼기짝께를 주먹으로 콕콕 쥐
>   어박는 것이다.
> · 이 기회를 타서 작은 우리 수탉이 또 날쌔게 덤벼들어 다시 면두
>   를 쪼니 그제서는 감때사나운 그 대강이에서도 피가 흐르지 않을
>   수 없다.
> · 동리에서도 소문이 났거니와 나도 한때는 걱실걱실히 일 잘하고
>   얼굴 이쁜 계집애인 줄 알았더니 시방 보니까 그 눈깔이 꼭 여우
>   새끼 같다.

1. 실팍하다

추측한 의미:

사전적 의미:

2. 암팡스레

추측한 의미:

사전적 의미:

3. 감때사납다

추측한 의미:

사전적 의미:

4. 걱실걱실히

추측한 의미:

사전적 의미:

먹고 싶다, 수박

장주식

장주식

동화 작가, 청소년소설가. 1962년 경북 문경에서 태어났다. 초등학교 교사로 일하며, 동화 『전학 간 윤주 전학 온 윤주』『토끼 청설모 까치』『괴물과 나』『소년소녀 무중력 비행 중』『그해 여름의 복수』『조아미나 안돼미나』『민율이와 특별한 친구들』, 청소년소설 『순간들』『길안』등을 펴냈다.

✦ 읽기 전에 ✦

"와, 너도 그래? 나만 그런 줄 알았는데······."라는 말을 들으면 기분이 어떤가요? 나의 감정이나 의견에 공감해 주는 말을 친구에게 들으면 없던 힘도 생기고 마음도 참 따뜻해지지요. 중학생이 된 지금, 여러분의 생활에 가장 영향을 많이 미치는 사람은 누구인가요? 부모님이나 선생님도 빼놓을 수 없지만, 내 옆에 어떤 친구가 있느냐에 따라서 기분이 맑아지기도 하고 힘을 얻기도 할 겁니다. 하지만 주위에 친구가 많다고 모두 진정한 친구라고 할 수는 없지요. 「먹고 싶다, 수박」은 엉겁결에 손에 넣은 수박 한 통 때문에 '베프'라고 할 수 있는 절친한 친구들 사이에 예상치 못한 갈등이 생기고 마는 이야기입니다. 여러분이라면 어떻게 했을지 또 어떤 친구가 진정한 친구인지 생각하면서 작품을 감상해 봐요.

그건 참 이상한 일이었다. 약 두 시간에 걸쳐 일어난 그 일은 마치 한바탕 꿈을 꾼 것 같기도 했다. 체육 시간에 여유 시간이 너무 많았던 게 문제였다. 줄넘기 평가를 하는 날이었다.

"적당한 데서 연습하고들 있어. 부르면 잽싸게 오고."

노란 선글라스를 낀 체육 쌤의 말이었다. 아이들은 사방으로 흩어졌다. 나는 세영, 지원, 은비, 인정, 영주와 함께 뭉쳐서 갔다. 우리는 자타*가 공인하는* 육인방이다. 콩 한 개도 여섯 쪽으로 나눠서 먹을 수 있다고 서로 믿는 사이다. 한 번도 그래 본 적은 없지만, 이리저리 돌아다니다가 자리 잡은 곳이 조회대 위였다. 그곳은 시멘트로 깔끔하게 처리되어 있어서 맨땅에서 줄을 넘는 것보다 나았다. 하지만 줄넘기는 뒷전이었다. 넘는 둥 마는 둥, 별 영양가 없는 수다로 시간을 보냈다. 체육 쌤이 본다면

"어휴, 저것들!"

* 자타 자기와 남을 아울러 이르는 말.
* 공인하다 함께 인정하다.

하고 속을 박박 긁겠지만. 인정이는 아예 줄넘기를 저만치 집어 던지고 바닥에 퍼질러 앉았고, 단비와 영주는 줄넘기 한 개로 서로 몸을 묶고 있었다. 그때 갑자기 세영이가 외쳤다.

"어머, 어머! 얘들아, 저것 좀 봐."

눈들이 한꺼번에 세영이가 가리키는 곳으로 쏠렸다.

"보여? 얘들아, 보이지? 수박 말이야."

진짜로 있었다. 수박이었다. 조회대 옆, 비탈진 잔디밭, 늙은 겹벚꽃 나무 아래, 수박이 있었다. 단 한 개. 수박 포기도 딱하나였다. 오리발처럼 갈라진 길쭉한 초록 이파리들은 그닥싱싱해 보이지 않았다. 그러나 수박은 생각보다 컸다!

"와, 크다! 인정이 머리보다 크겠다."

지원이가 인정이 머리를 끌어안으며 소리쳤다. 녹색 덩어리에 선명하게 죽죽 그어진 짙푸른 선들. 수박은 튼튼해 보였다. 손가락으로 퉁기면, 퉁! 하고 소리를 낼 것 같다. 나는 수박을 손가락으로 퉁겨 보고 싶은 마음이 불현듯 솟아나자, 참기 어려웠다.

"아, 저거 우리 따 먹으면 안 될까? 수박이 언제부터 저기 있었지? 왜 그동안 못 봤을까?"

내가 이상한 흥분에 휩싸여 마구 말을 쏟아 내고 있을 때, 벌처럼 윙 하고 수박에게로 날아간 인간이 있었다. 지원이었다.

"먹고 싶으면 따지 뭐."

아아, 그 아무도 말릴 새가 없었다. 마치 오랜 세월 수박 농사를 지어 온 농부라도 되는 양, 아주 능숙한 솜씨로 지원이는 수박을 뚝 따서, 가슴에 안고 환하게 웃었다.

"야, 너!"

거의 비명에 가까운 짧은 소리가 모두의 입에서 터져 나오고, 순간 정적. 입을 벌린 채 아이들은 얼음이 되었다. 지원이 표정이 가장 볼만했다. 수박을 가슴에 안고 우는 듯 웃는 듯 두려운 듯 오묘한 표정. 일단 일을 저질러 놓고 보는 지원이다웠다.

"왜에에—"

지원이는 친구들을 올려다보며 애절한 가락으로 호소하듯 내뱉었다. 지원이의 호소에 누구도 선뜻 대답을 하지 않았다. 갑자기 근심에 휩싸인 지원이가 일부러 울음 섞인 소리를 내면서 다시 애원조로 말했다.

"수박 먹고 싶지 않니, 니들?"

"먹고 싶긴 하지……"

인정이가 대답했다. 나도 먹고 싶다고 말을 보태려는데, 은비가 먼저 말했다.

"난 안 먹을래. 그, 리, 고."

글자를 끊어서 또박또박 발음한 뒤, 은비는 한 걸음 뒤로 물러나며 덧붙였다.

"나는 빠지겠어. 이 사건은 나와 무관한 거야. 난 결코 이 상황을 인정할 수 없어."

은비는 말을 하는 중에도 걸음을 옮겨, 마침내 조회대에서 바깥으로 나가 버렸다. 머뭇거리던 영주도 은비를 따라갔다. 수박을 가장 먼저 발견했던 세영이는 은비를 보다가 지원이를 보다가 허둥대며 "어떡해, 어떡해."를 연발하더니 엉뚱하게도 줄넘기를 들고 줄을 넘기 시작했다.

멀리서 시끌시끌 아이들이 오는 소리가 들렸다. 가장 괴로운 사람은 당연히 지원이였다. 수박을 안은 채 엉거주춤 선 지원이. 나는 지원이를 구출하는 게 가장 급선무*라고 판단했다. 눈에 띄는 대로 지원이의 신발주머니를 들고 달려갔다.

"얼른 넣어!"

신발주머니의 주둥이를 벌리고 내가 말했다. 지원이는 수박을 딸 때처럼, 재빠른 동작으로 수박을 집어넣었다. 팔을 두어 번 흔들어 보던 지원이는

"휴— 살았다."

숨을 푹 내쉬곤 멀리서 다가오는 아이들을 힐끔 바라보았다. 신발주머니 깊이가 얕아서 수박 등이 손등만큼 내보인다.

"야, 보인다. 수박이 너무 커."

수박 큰 것이 결코 탓 할 일도 아니건만, 지원이는 수박이 큰 탓을 하면서 사방을 휘휘 둘러보다가 조회대 난간에 걸려 있던 체육복 점퍼를 벗겨서 신발주머니를 감쌌다.

---

*급선무 무엇보다도 먼저 서둘러 해야 할 일.

"야, 그건 내 건데."

세영이가 외쳤지만, 지원이는 들은 체도 하지 않았다. 졸지에 내가 수박을 끌어안게 되었다. 다른 사람들이 보면야 체육복을 가슴에 안고 있는 것처럼만 보이겠지만.

그런 일들이 벌어지고 있는 동안 체육 시간은 끝이 나 버렸다. 나와 지원이, 세영이와 인정이는 잘 감춘 수박을 끌어안고 교실로 들어갔다. 다른 아이들이 접근하지 못하도록 나를 가운데에 두고, 세 아이들이 보호하면서 걸었다. 우리 넷의 눈빛 교환은 은밀했다. 다른 사람들 몰래 우리만의 비밀을 공유한다는 건 꽤 짜릿한 맛이 있었다. 더구나 뭔가 조금은 찜찜한 일, 곧 결코 선한 일이 아니며 들통이 난다면 비난을 받을 것이 분명한 비밀. 공범자*로서 서로를 지켜 줘야 한다는 희한한 사명감*까지 생기는 그것. 누가 심어 가꾼 수박인지는 알 수 없으나, 공공의 장소에 심겨져 있었으므로 누구든 발견한 사람이 먹을 수 있지 않겠느냐고, 나는 그런 생각을 하며 이건 남의 것을 훔치는 게 아니다,라고 스스로를 합리화하고 있었지만 마음이 불편한 건 사실이었다. 수박은 너무나 잘 가꿔져 있었기 때문이다. 수박 줄기 주변은 잡초를 제거하면서 흙을 돋워 놓는 등, 사람의 손길이 확연했다. 당연히 수박이 저절로 나서

* **공범자** 함께 계획하여 범죄를 저지른 사람.
* **사명감** 주어진 임무를 잘 수행하려는 마음가짐.

자랐다면 그렇게 상품 가치가 있을 정도로 되진 못했을 것이다. 정성을 들여서 가꾼 사람이 있는 게 분명했다. 마음이 걸리는 것은 바로 그 부분이었다. 서로 입 밖에 내놓고 말하지 않았지만, 다른 세 친구도 그렇게 생각할 게 틀림없었다. 눈빛만 봐도 안다.

교실에 들어가서도 우린 한 덩어리로 뭉쳐서 앉았다. 사태의 해결을 위해 의견을 나눠야 했다. 수박이 든 신발주머니는 책상 밑에 넣었다. 그리고 우리 넷은 머리를 가까이 모았다. 나는 책상 하나 건너에 앉은 은비를 보았다. 은비는 평온한 얼굴로 가방을 챙기고 있었다. 은비 옆에 앉은 영주와는 눈이 마주쳤다. 영주는 자주자주 우리 쪽을 보고 있었던 거다. 영주는 나와 눈이 마주치자 어색하게 웃었다. 나는 은비의 평온한 옆얼굴을 보면서 두 가지의 감정을 동시에 느꼈다. 부러움과 서운함. 은비와 나는 중학교에 들어와 이 년 연속 같은 반이 되었다. 아홉 개 반 중에서 같은 반이 될 확률은 높지 않았다. 보통 서너 명에 그친다. 더구나 지난해의 절친이 다시 같은 반이 될 확률은 정말 낮았다. 은비와 난 1학년 때 베프였다. 물론 지금은 더더더 베프다. 그런 은비가 지금 저렇게 무심하게 나를 돌아보지조차 않고 있다. 절친이란, 무슨 일이든 같이해야 하는 것 아닌가, 나는 그런 생각에 서운했다. 그러나 부러움이 더 컸다. '그건 옳지 않아.'라고 서슬 푸르게 손을 딱 떼어 버리는 그 결단성. 부러움을 넘어서 그런 결단성을 가진 은비가 절친이

190

라는 것이 은근히 자랑스러운 생각도 들었다. 하지만 허전함은 어쩔 수 없었다. 은비가 빠진 채 수박 문제를 해결해야 한다는 것이.

지원이가 내 어깨를 툭 쳤다.

"듣고 있어? 왜 대답을 안 해?"

지원이, 인정이, 세영이가 모두 나를 보고 있었다.

"으응, 뭐?"

"기집애, 고새 딴생각을 하고 있냐? 화장실 가서 먹는 게 어떠냐고, 수박을."

지원이가 낮은 소리로 속삭였다.

"화장실에……?"

나는 잠깐 대답을 머뭇거렸다. 뭔가 불현듯 비겁하다는 생각이 들었다. 누군가 가꾼 수박을 딴 일차적인 잘못을 조금이나마 보상하려면 수박의 처리 문제는 공명정대해야* 될 것 같았다. 우리끼리 숨어서 먹는 것은 잘못에 또 하나의 잘못을 더 얻는 게 아닐까. 나는 말했다.

"아냐, 다 같이 먹자."

"뭐?"

지원이가 눈을 동그랗게 떴다. 세영이, 인정이도 마찬가지였다.

* **공명정대하다** 하는 일이나 태도가 사사로움이나 그릇됨이 없이 아주 정당하고 떳떳하다.

"담임 쌤 오시면 말해서, 애들 다 같이 먹자고."

모든 수업이 끝났으므로, 담임이 종례를 하기 위해 곧 교실에 올 것이었다.

"미쳤어? 벌점 먹을 거야."

"발바닥을 맞을지도 모르고."

"다른 애들한테 욕먹을걸."

셋이서 한마디씩 지껄였다. 나는 조용조용 차분하게 내 생각을 주장했다.

"담쌤이 말이야, '허헛 자식들, 왜 그랬어? 뭐 어쩌겠냐? 이왕 따 온 수박이니 나눠 먹자. 허헛.' 하고 말하실 거 같애. 그럼 얼마나 좋아. 우리 지금 이 찝찝한 기분도 다 없어지고, 친구들하고 다 같이 수박 한쪽씩 먹고 말이야. 아, 수박이 한 개밖에 안 되니까 모자라면 우린 안 먹어도 되고. 난 이 방법이 가장 좋을 것 같아. 어때?"

"첩첩"

세영이가 침을 입속에서 모아 소리를 내더니 말했다.

"담쌤이 그렇게 안 나올 거 같은데. 평소에 하던 태도를 볼작시면 말이지. 무조건 벌점 먹는다에 난 한 표!"

"난 발바닥 맞는다에 한 표! 넌 우리학교 3대 악당을 너무 물렁하게 본단 말이야."

그렇다. 우리 담임은 육십여 명에 이르는 교사들 중에 3대 악당으로 꼽힌다. 3대 악당 중에서도 첫 손가락이 틀림없을 거였다. 도교육청에서 학생인권조례를 만들고 절대, 결코, 교실에서 체벌이 있어선 안 된다고 지시가 내렸건만, 담임은 콧방귀였다. 두 팔을 머리 위로 쭉 뻗어서 의자를 들고 서 있기 오분은 기본이고, 툭하면 발바닥을 회초리로 때렸다.

—너희에게 학생 인권이 있다면 나에게는 교사 인권이 있다. 이게 나의 교권을 보호하는 최소한의 장치야.

담임은 주장이 분명했다. 그런 면에선 은비가 담임을 닮은 게 분명했다.

"너는 발바닥을 맞아 본 적이 없지? 공부를 잘하니까."

발바닥을 자주 맞는 인정이가 말했다. 정말 그렇다. 나는 발바닥을 맞아 본 적이 없다. 의자 들기는 단체 벌이므로 무조건 들어야 하지만, 발바닥 맞는 건 개인 징벌이었다.

인정이와 세영이의 극구 반대에 동참한다는 의미로 지원이도 말없이 고개를 천천히 흔들었다. 말 없는 지원이의 그 행동이 더욱 견고한 반대 표시로 느껴졌다. 난 답답했다. 왜 애들은 뉘우칠 줄을 모를까. 나도 이쯤에서 손을 떼어 버릴까. 나는 다시 은비를 바라보았다. 초연하고* 편안한 모습. 지원이의 우발적*인 행동에 은비는 재빠른 판단으로 결단을 하였다. 하지만 난 어떤가. 우유부단한* 나. 이러지도 저러지도 못하면서, 그

* 초연하다 어떤 현실에 아랑곳하지 않고 거기서 벗어나 의젓하다.
* 우발적 어떤 일이 예기치 아니하게 우연히 일어나는 것.
* 우유부단하다 어물어물 망설이기만 하고 결단성이 없다.

알량한* 우정을 지킨다는 마음으로 잘못된 일에 동참하고 있지 않은가. 아니, 나도 사실 수박을 따고 싶었는지도 모른다. 지원이가 뚝 따 버렸을 때, 야아— 하고 외쳤지만 속으로 슬며시 쾌감도 있었던 걸 희미하게 기억한다. 그런데 이제 와서 손을 떼겠다고? 나는 마음을 고쳐먹었다. 그리고 다시 한 번 아이들을 설득해 보았다.

"얘들아, 그렇게 하자. 담쌤이 벌점 멕이면 먹고, 발바닥 때리면 맞자. 그게 속 편할 거 같애, 응?"

나는 애절하게 호소하는 눈빛을 세 친구에게 보냈다. 반응은 싸늘했다.

"난 못 해!"

인정이가 세차게 고개를 흔들었고, 지원인 되려 나를 설득했다.

"너 왜 그래? 넌 발바닥 안 맞아 봐서 모르는 거야. 마이 아파, 흑흑. 걍 우리끼리 먹어도 될 걸, 왜 일을 크게 만들어, 응? 화장실 가서 먹자, 응? 다정아."

지원이가 내 이름 다정이를 정말 다정하게 부르면서 말했다. 난 마음이 흔들렸다. 우유부단한 내 본색이 여지없이 드러나고 있었다. 우리 넷이 수박 처리에 대하여 합의를 보지 못하고 괴로워하고 있을 때, 담임이 불쑥 교실에 나타났다. 아이들

*알량하다 시시하고 보잘것없다.

이 제각각 떠들던 말소리를 낮추며 제자리를 찾아서 앉았다. 담임은 실내를 한 바퀴 빙 둘러본 다음, 천천히 말했다.

"오늘은 별일 있었니?"

"아뇨, 없었어요."

아이들이 늘 하던 습관처럼 합창을 했다. 담임은 만족스런 얼굴로 고개를 끄덕였다.

"좋아, 각자 위치로."

담임은 교실을 나갔다. 담임은 바람처럼 교실을 다녀간 것이다. 나는 수박 얘기를 할 틈을 결코 잡을 수 없었다. 아니, 담임이 '별일 있었니?' 하고 물었을 때가 수박 이야기를 할 틈이었지만 나는 그런 용기가 없었다. 담임이 '별일 있었니?' 하고 물었을 때 인정이, 지원이, 세영이가 한꺼번에 나를 쳐다봤었다. 그때 만약, 내가 '수박을 땄어요!' 하고 말했다면? 그건 친구들을 배반하는 행위일까. 친구들을 악에서 구하는 행위일까. 알 수 없는 일이다.

어쨌든 담임은 사라졌다. 담임이 긴 복도를 걸어 아래층으로 내려가는 것을 확인하고 돌아온 지원이가 말했다.

"화장실 가자, 수박 먹으러."

지원이의 목소리는 당당했다. 이제 나의 제안은 아무런 힘을 발휘할 수 없다는 걸 지원이는 너무나 잘 알고 있었던 거다. 그러니 남은 방법은 화장실행뿐이었으니. 그때 은비가 내게 가까이 다가와서 말했다.

"다정아, 나 먼저 가 있을게. 이따 보자."

은비가 먼저 가 있을 곳은 음악실이다. 대회가 얼마 남지 않아 방과 후에 합창 연습을 한 시간씩 한다. 은비와 나는 똑같이 알토 파트다. 은비는 수박이 숨겨져 있는 내 책상 밑을 슬쩍 한 번 보고 돌아서서 교실을 나갔다. 하나로 묶인 긴 머리카락을 찰랑이며 걸어가는 은비의 뒷모습이 무척 가벼워 보인다.

은비가 나간 뒤 돌발 사태가 벌어졌다. 갑자기 세영이가 수박을 덮은 자기 체육복을 들어 올린 것이다. 아직 교실엔 아이들이 여럿 남아 있는데도 말이다. 수박이 담긴 지원이의 신발 주머니는 책상 밑에 있었으므로 물론 아이들에게 들키진 않았다.

"얘들아, 미안. 나 깜빡했어. 얼른 가 봐야 해. 늦으면 엄마한테 죽는당. 우리 가족 오늘 외할머니네 가걸랑. 생신이라서. 정말 미안, 미안. 나 갈게."

말을 하면서 교실을 나가던 세영이. 그래서 '나 갈게.'라는 말은, 복도에서 들려왔다. 엄청 바쁘고 급하다는 것이 그대로 행동에서 묻어났다. 세영이를 아무도 잡지 못했다. 아니 잡을 생각도 못했다는 게 맞는 말이다. 남은 인정이와 지원이, 나는 서로 멀뚱히 얼굴을 쳐다보았다. 세영이 다음은 인정이였다. 인정이가 얼굴을 살짝 붉히면서 말했다.

"저기, 있잖아. 나도 사실, 얼른 가야 되거든. 수박을 먹고 싶기는 하지만…… 나, 그냥 갈게. 미안해. 나— 간다."

인정이도 가방을 둘러메고 교실을 나갔다. 지원이와 나는 할 말이 없었다. 아니, 갑자기 우린 벙어리가 된 것이다. 지원이는 속으로 무슨 생각을 하고 있는지 모르겠지만, 나는 적잖이 당황스러웠다. 나도 가야 되는 건가? 수박을 딴 사람은 지원이니까, 지원이보고 알아서 해결하라고 하면 그만 아닌가. 세영이도 인정이도 대놓고 그런 말은 없었지만, '미안해.'라는 말은 '지원이 니 책임이야.'라는 말과 동의어로 쓴 것이 아닐까. 그렇다면 나도 '지원아, 미안하다.' 하고 가 버리면 그만 아닌가. 이런저런 생각이 머릿속에 줄지어 일어나는 통에 말을 못하고 내가 우물거리고 있을 때, 지원이가 먼저 말했다.

　"저, 다정아. 나도…… 가야 되는데. 어떡하지, 이 수박? 나 신발주머니 가져가야 되는데."

　정말 뜻밖의 말이었다. 지원이의 말을 나는 얼른 이해할 수가 없었다.

　"무, 무슨 말이야? 너도 간다고? 수박은 어떡하고?"

　"나도 집에 가야 되거든, 빨리. 니가 좀 해결할 수 없을까, 이 수박?"

　"나 혼자?"

　"응. 다정아, 난 널 믿어, 헤헤. 넌 훌륭한 친구잖아. 공부도 잘하고."

　지원이가 방글방글 웃는다. 나는 갑자기 이상하게 전개된 사태가 황당했지만, 지원이의 방실거리는 웃음은 너무 예뻤

다. 마법에 홀린 듯 나는 지원이의 웃음에 매료되었다.* 다른
이의 영혼을 몸에 실은 무당이 그 영혼이 시키는 대로 말을 하
듯 내 입에선 이런 말이 나왔다.

"그래, 알았어. 내가 처리할게."

나는 말을 하는 내 입의 움직임을 느낄 수 없었다. 내 입에서
나와 내 귀에 들리는 목소리도 결코 내 것이 아니었다. 처음 듣
는 듯한 낯선 목소리였다. 그러나 분명 그 말은 내 입에서 나오
는 소리였다.

"내 가방에 넣어."

나는 내 가방에 있던 책을 꺼내, 책상 서랍 속에 넣고, 가방
주둥이를 쫙 벌렸다. 지원인 신발주머니의 수박을 잽싸게 옮
겼다. 나는 재빨리 가방의 지퍼를 닫았다. 지원이가 해맑게 웃
으며 내 어깨를 톡톡 쳤다.

"정말 정말 훌륭한 친구야, 다정이는."

"걱정 마. 잘됐지 뭐. 내가 집에 가져가서 먹을게."

나는 술술 말했다. 집에 가져가서 먹을게,라는 말을 하면서
나는 내 목소리를 되찾았다. 그건 분명 내 목소리였다. 아주
익숙했다. 나는 귀에 익은 내 목소리를 되찾아 마음이 편안해
졌다.

'그래, 집에 가져가서 엄마랑 아빠랑 먹으면 되잖아. 뭐가

* **매료되다** 사람의 마음이 완전히 사로잡혀 홀리게 되다.

문제야.'

나는 그렇게 생각하자, 기분이 썩 유쾌해졌다. 지원이와 나는 가방을 메고 교실을 나섰다. 복도를 걸어가면서 지원이는 내 가방을 두 손으로 살살 쓰다듬었다.

"오동통통 수— 박, 아 머꼬 시포."

혀짤배기 소리까지 해 가면서 지원이는 자꾸만 만져 댔다. 나는 사방을 둘러보면서 작은 소리로 주의를 줬다.

"그만 만져. 누가 본단 말이야."

"헤에, 보긴 누가 봐. 봐도 누가 알어. 이렇게 쏘옥 들어가 있는데, 가방 속에 말이야. 아, 맛있겠당."

지원이는 옆에서 걷다가 아예 내 뒤로 돌아가서 가방을 만지면서 걸어왔다. 나는 걸음을 딱 멈췄다. 계단을 다 내려와서, 음악실이 있는 별관으로 가는 길과 교문 쪽으로 가는 갈림길이 있는 화단 앞에 섰을 때였다. 이리저리 다니는 아이들이 꽤 많은 곳이다.

"진짜 그만해. 들킨다구."

"들키긴 뭘."

정말 알 수 없는 일이었다. 평소 같으면 내가 한 두어 번 주의를 주면, 곧 하던 행위를 멈추는 게 보통인데 오늘 지원인 뜻밖이었다. 지나칠 정도로 수박에 집착하는 모습이었다. 자기가 저지른 일에 대한 죄책감이 컸는데, 그것이 잘 해결된 것에 대한 감정이 넘친 게 아닐까, 그런 생각이 들기는 했다.

"고마워서 그래?"

"뭐라고?"

지원인 내 말을 못 알아들었다. 나는 나만의 생각을 불쑥 말했으므로, 지원이에게는 뜬금없기는 하겠다는 생각이 들었다. 나는 피식 웃으며 말을 수정했다.

"내가 수박 문제를 해결하니까, 고맙냐고."

"으응, 그렇지 뭐. 그래, 고맙다고 해야 되나? 너는 수박이 생겼는데, 나한테 안 고맙나? 이거 말이야."

지원인 또 가방을 건드렸다. 아주 수박의 선을 따라 두 손으로 동그라미를 그렸다. 둘이 그러고 섰을 때, 같은 반 친구인 민아가 다가왔다.

"너희들 뭐해? 다정이 가방에 뭐 있어? 먹는 거지?"

"아…… 아니."

내가 약간 말을 더듬었다. 얼굴에 조금 당황스러워하는 빛도 나타났으리라. 민아가 그걸 놓칠 리가 없다.

"이거, 수상한데. 뭐야, 과자야? 같이 먹자야. 친구 좋은 게 뭐니. 우린 같은 반에다, 합창도 같이하잖아. 이게 보통 인연이야? 맛있는 건 같이 먹어야지. 가방 속에 꽁꽁 숨겨 두고 혼자 먹을 거야? 그럼 배탈 나. 안 그래, 지원아?"

어휴, 기집애. 뭐 이런 수다쟁이가 다 있나. 그 짧은 순간에 많이도 주워섬겼다.* 민아가 자기 이름을 부르면서 의견을 묻자 지원인 피식 웃었다.

"그, 그래. 같이 먹어야지."

"맞지? 지원이 너도 그렇게 생각하지? 보자, 뭔가. 되게 궁금해."

민아는 물을 차고 날아오르는 제비보다도 빠른 속도로 내 가방의 지퍼를 열었다. 나는 눈을 뜬 채로 코를 베인다는 게 꼭 이런 심정이겠구나, 하는 생각이 들었다.

"엥? 이게 뭐야? 이거 진짜야, 모조품*이야?"

"진짜야."

나는 얼른 가방을 벗어서 가슴에 안으며 지퍼를 닫았다. 민아가 가방을 뺏으러 대들며 물었다.

"그거 어디서 난 거야? 혹시, 조회대 옆에서 딴 거?"

가슴이 콕 찔렸다. 지원이도 똑같은 느낌이었나 보다. 입을 삐죽하며 나에게 두 손을 벌려 보였다. 말없이 선 지원이와 나를 번갈아 보며 민아가 말했다.

"맞구나. 헐, 대박! 야, 뭔 짓을 한 거니? 니들 큰났다. 그거 교장쌤 수박이야."

"뭐?"

두 사람 입에서 놀란 소리가 터져 나왔다. 아마 이때 지원이와 내 눈의 크기는 황소 눈만 했을 것이다.

＊**주워섬기다** 들은 대로 본 대로 이러저러한 말을 아무렇게나 늘어놓다.
＊**모조품** 다른 물건을 본떠서 만든 물건.

"몰랐어? 교장쌤이 지극정성으로 가꾼다고 소문이 짜하잖아.* 그거 모르는 애들 없는데, 이상하네. 니들은 그걸 알고도 딴 거? 교장쌤한테 뭐, 저항할 거 있삼?"

교장쌤의 얼굴이 절로 떠오른다. 평소에도 눈꼬리가 위로 살짝 들려 있고, 눈꼬리를 따라서인지는 몰라도 입꼬리도 들려 있는 세모꼴 얼굴. 교장쌤의 별명은 늙은 여우였다. 눈빛 하나만으로도 전교생을 침묵시킬 수 있는, 그 카리스마. 지원이는 금세 울상이 되었다.

"어, 어떡하지?"

"뭘 어떡해. 빨리 돌려놔야지."

민아가 시원시원하게 말했다. 무슨 말인지 감은 잡았으나, 나는 확인하기 위하여 다시 물었다.

"돌려놓다니?"

"수박을 있던 데 갖다 놓으라고."

"딴 거를? 그건 양심을 속이는 일이잖아."

"허허 참, 지금 양심 따지게 생겼니? 교장쌤이 알면 너 감당할 수 있어?

"……"

나는 선뜻 대답을 못 했다. 지원이가 내 손을 잡아끌었다.

"다정아, 민아 말대로 하자. 얼른 수박 갖다 놓자. 갖다 놓고

---

*짜하다 퍼진 소문이 왁자하다.

집에 가게, 응?"

지원인 벌레 씹은 얼굴이 되어 있다. 조금 전 교실에서 나와 건물 계단을 내려올 때 즐거워하던 얼굴과는 전혀 딴판이다. 나는 망설여졌다. 이건 작은 잘못에 대한 징벌*을 피하기 위하여 더 큰 잘못을 저지르는 게 틀림없다는 생각이 들었다. 강력 접착제가 땅과 내 발바닥을 붙여 놓은 느낌이 들었다. 지원이와 민아가 나를 잡아당겼지만 내 발은 떨어지지 않았다.

"지원아, 이건 아닌 거 같아."

"뭐가, 아냐. 빨리, 갖다 놓고 가자. 에이, 짜증 난다, 정말. 망할 수박."

지원이 말이 거칠어졌다. 얼굴도 많이 일그러졌다.

"너 가기 싫으면 내가 할게. 가방 이리 줘. 어차피 내가 땄으니까, 내 거잖아."

지원이가 가방을 잡고 뺏으려 들었다. 나는 가방을 강하게 잡았다. 지원이보다는 내가 힘에 있어서 한 수 위다. 지원이는 힘이 약해 맘대로 되지 않자, 발을 구르며 식식거렸다. 눈에선 불꽃이 튀는 것 같았다.

"너 정말 왜 그래? 너만 양심적이야, 나는 도둑이구?"

지원인 말을 하다 보니까, 더욱 화가 나는 모양이었다. 마침내 우리가 친한 친구라는 것도 잊어버린 게 틀림없었다. 나에

---

* 징벌 옳지 아니한 일을 하거나 죄를 지은 데 대하여 벌을 줌. 또는 그 벌.

게 이런 말을 쏟아 놓고 뛰어가 버렸다.

"그래, 잘난 니가 알아서 해. 난 갈 거야."

정말, 진짜, 욱하기 대장, 지원이답다. 나는 달아나는 지원이 뒷모습을 보면서도 실감이 나지 않았다. 누가 보더라도 지원이는 저렇게 가 버려선 안 되는 거였다. 어째서 이런 비현실적인 일이 현실에서 일어나고 있는 것인지 알 수 없었다.

지원이와 내가 아웅다웅하는 걸, 안쓰럽게 바라보고 있던 민아도 슬금슬금 뒷걸음질을 치더니 돌아서서 별관 음악실로 가 버렸다. 마침내, 나는 우두커니 혼자 서 있게 되었다. 갑자기 가방이 너무나 무거웠다. 마치 가방 안에 바윗덩어리라도 든 것 같았다. 가방을 들고 서 있기가 어려웠다. 나는 그대로 주저앉았다.

'이게 무슨 일이지. 도대체 오늘 무슨 일이 일어난 거야?'

나는 지퍼를 조금 열어서 수박을 내려다보았다. 수박은 가방 안에서 싱싱했다. 날은 더워 땀이 흐른다. 녹색 바탕에 검푸른 줄이 죽죽 그어진 그 수박을 바라보고 있자니, 입속에 침이 고인다.

'이걸 어찌해야 하나?'

반을 뚝 잘라 랩을 씌워 냉장고에 넣어 뒀다가 먹거나, 고무 함지*에 얼음덩이와 함께 통째로 넣어 뒀다가 큼직하게 쩍

---

* 함지 나무의 속을 파서 큰 바가지같이 만든 그릇.

2부 · 고민의 깊이

쩍 갈라 먹었으면. 혹시 또 아나. 요즘 사이가 그리 좋지 않은 엄마, 아빠에게 이 수박이 한 번 웃음을 줄지도 모른다. 저녁에 수박 파티를 벌이면서, '그게 학교 화단에 있었어? 웃긴다, 얘.'라는 엄마 말에, 유쾌한 한때가 될 수도 있다.

나는 수박을 바라보며 생각에 잠겼다. 쉽게 결단을 내리지 못하는 나의 우유부단한 성격이 밉다는 생각이 간절했다. 얼마나 지났을까, 고민의 늪에 푹 빠진 내 어깨를 건드리는 손이 있었다. 은비였다.

"여기 있을 거라고 해서…… 민아가."

"……."

나는 하마터면 눈물을 찔끔거릴 뻔했다.

"그거 어쩌려고?"

은비가 손가락으로 내 가방을 가리켰다. 정확하게 말하자면 수박을 가리킨 것이지만.

"글쎄, 어, 어쩌지?"

"있던 데 갖다 둬. 끌어안고 끙끙대지 말고."

역시 은비는 울트라 쿨녀다. 아니, 명쾌하다고 해야 하나. 나는 천천히 일어섰다. 그런 내 망설임을 은비는 두고 보지 않는다.

"합창쌤 아까 오셨어. 빨리 가야 돼."

은비가 내 손을 잡아끌었을 때, 내 발은 아주 쉽게 움직였다. 조회대 옆으로 가서, 수박을 제자리에 놓았다. 내가 가방에서 수박을 꺼낼 때, 은비가 옷을 좍 펴서 가려 주었다. 은비와 손을 잡고 음악실로 걸어가는 발걸음은 날아가는 것 같았다. 등에 멘 가방이 날개로 변한 것인지도 몰랐다.

은비가 내 손을 잡았을 때, 나는 모든 걸 다 잊어버렸다. 꼭지가 떨어진 수박을 마치 처음부터 따지 않았던 것처럼 제자리에 돌려놓는 것이 얼마나 기만적*인 일인지도. 줄기에서 분리되어 물을 공급받지 못해 배배 뒤틀려 마르다가 썩어 갈 수박의 아픔 따위도. 그런 것들은 나의 양심을 건드리지 않았다. 다만 은비의 손이 따뜻했을 뿐이었다.

＊**기만적** 남을 그럴듯하게 속이거나 속여 넘기는.

1. 소설 속 '육인방'의 대사를 채워 넣어 보고, 육인방 중 자신과 가장 비슷한 인물은 누구이며 그 이유는 무엇인지 생각해 보자.

"얘들아, 그렇게 하자. 담쌤이 벌점 메이면 먹고, 발바닥 때리면 맞자. 그게 속 편할 거 같애. 응?"

다정

지원

은비

세영

영주

"수박을 먹고 싶기는 하지만…… 나, 그냥 갈게. 미안해."

인정

나는 (　　　　)와 내가 가장 비슷하다고 생각한다. 왜냐하면

2. 결말에서 갈등을 해결한 주인공 '나'의 행동에 대해 어떻게 생각하는지
   적어 보자.

   나는 주인공의 행동에 대해 (공감한다 / 공감하지 않는다).
   왜냐하면

   ....

   ....

   ....

   ....

   ....

   ....

3. 친구들과 지내다가 갈등을 겪은 일을 떠올려 보고, 그것을 어떻게 해결
   했는지, 그리고 아직 해결되지 않은 일이라면 어떻게 해결하고 싶은지
   적어 보자.

   ....

   ....

   ....

   ....

   ....

   ....

4. 다음은 친구나 우정과 관련된 속담 및 사자성어이다. 그 의미를 바르게 짝지어 보자.

❶ 친구에 관한 속담

친구 따라 강남 간다. •

• 돈이 넉넉하거나 생활이 풍족할 때는 주위에 친구가 많지만, 생활이 어려워지면 진정한 친구만 남게 되는 것을 두고 하는 말.

바늘 가는 데 실 간다. •

• 자기는 하고 싶지 아니하나 남에게 끌려서 덩달아 하게 됨을 이르는 말.

어려울 때의 친구가 진짜 친구다. •

• 항상 친한 사람끼리 서로 붙어 다니게 된다는 뜻.

좋은 친구가 없는 사람은 뿌리 깊지 못한 나무와 같다. •

• 좋은 친구를 많이 사귀는 것이 중요하다는 말.

❷ 친구에 관한 사자성어

근묵자흑(近墨者黑) •

• 먹을 가까이 하면 검어진다는 뜻. 친구나 사람을 가려 사귀라는 말.

유유상종(類類相從) •

• 어릴 때부터 가까이 지내며 자란 친구를 이르는 말.

죽마고우(竹馬故友) •

• 같은 무리끼리 서로 친하게 사귐.

간담상조(肝膽相照) •

• 서로 마음을 터놓고 허물없이 지내는 친구 사이를 뜻함.

활동

하늘은 맑건만

현
덕

현덕

소설가, 동화 작가. 1909년 서울에서 태어나 대부도에서 어린 시절을 보냈다. 1932년 동아일보 신춘문예에 동화 「고무신」이 가작으로, 1938년 조선일보 신춘문예에 소설 「남생이」가 당선작으로 뽑히면서 작품 활동을 시작했다. 『소년조선일보』와 『소년』 등을 통해 소년소설과 동화를 발표하여 많은 작품을 남겼다. 지은 책으로 소년소설집 『집을 나간 소년』, 동화집 『포도와 구슬』 『토끼 삼형제』, 소설집 『남생이』가 있다.

✦ 읽기 전에 ✦

여러분이 가장 중요하게 생각하는 삶의 가치는 무엇인가요? 우리가 삶을 살아가며 지켜야 할 가치로는 정직, 성실, 존중, 배려, 이해, 포용 등 여러 가지가 있지만, 그중에서도 '정직'은 예나 지금이나 그 중요성이 매우 강조되는 덕목입니다. 혹시 거짓말을 해서 부끄러웠던 적이나, 의도하지는 않았지만 남에게 피해를 주어 마음이 불편했던 경험이 있나요? 여기, 거스름돈을 잘못 받고 난 후 거짓말 때문에 갈등을 겪고 있는 소년이 있습니다. 소년이 갈등을 어떻게 해결해 나가는지 살펴보고 만약 여러분이 소년이라면 어떻게 했을지 생각하면서 작품을 감상해 봐요.

중문 안 안반* 뒤에 숨기어 둔 공이 간 데가 없다. 팔을 넣어 아무리 더듬어도 빈탕이다. 문기는 가슴이 두근거리기 시작하였다.

'혹 동네 아이들이 집어 갔을까?'

도리어 그랬으면 다행이다. 만일에 그 공이 숙모 손에 들어가기나 했으면 큰일이다.

문기는 아무 일 없는 태도로 전날과 다름없이 안마당에서 화초분에 물을 준다. 그러면서 연해 숙모의 눈치를 살핀다. 숙모는 부엌에서 저녁을 짓는다. 마루로 부엌으로 오르고 내릴 때 얼굴이 마주치는 것이나 문기는 자기를 보는 숙모 눈에 별다른 것이 없다 싶었다. 문기는 차츰 생각을 고친다.

'필시 공은 거지나 동네 아이들이 집어 갔기 쉽지. 그렇잖으면 작은어머니가 알고 가만있을 리 있나.'

조금 후 문기는 아랫방으로 내려갔다.

그리고 책상 서랍을 열어 보았을 때 문기는 또 좀 놀랐다. 서

---

* 안반 떡을 칠 때에 쓰는 두껍고 넓은 나무.

람 속에 깊숙이 간직해 둔 쌍안경이 보이질 않는다. 그것뿐이 아니다. 서랍 안이 뒤죽박죽이고 누가 손을 댔음이 분명하다.

'인제 얼마 안 있으면 작은아버지가 회사에서 돌아오시겠지. 그리고 필시 일은 나고 말리라.'

문기는 책상 앞에 돌아앉아 책을 펴 들었다.

그러나 눈은 아물아물 가슴은 두근두근 도시* 글이 읽어지질 않는다.

며칠 전 일이다. 문기는 저녁에 쓸 고기 한 근을 사 오라고 숙모에게 지전* 한 장을 받았다. 언제나 그맘때면 사람이 붐비는 삼거리 고깃간이다. 한참을 기다려서 문기 차례가 왔다. 문기는 지전을 내밀었다. 뚱뚱보 고깃간 주인은 그 돈을 받아 둥구미*에 넣고 천천히 고기를 베어 저울에 단 후 종이에 말아 내밀었다. 그리고 그 거스름돈으로 지전 아홉 장과 그 위에 은전 몇 닢을 얹어 내주는 것이 아닌가. 문기는 어리둥절하였다. 처음 그 돈을 숙모에게 받을 때와 고깃간 주인에게 내밀 때까지도 일 원짜리로만 알았던 것이다. 문기는 돈과 주인을 의심스레 쳐다보았다. 허나 그는 다음 사람의 고기를 베느라 분주하다. 문기는 주뼛주뼛하는 사이 사람에게 밀려 뒷줄로 나오고 말았다. 그러나 다시 생각하면 정말 숙모가 일 원짜리를 준

* **도시** 도무지.
* **지전** 종이돈. 지폐.
* **둥구미** 짚으로 둥글고 깊게 엮은 그릇.

2부 · 고민의 깊이

것인지 아닌지 모르겠다. 아니라면 도리어 큰일이 아닌가. 하여튼 먼저 숙모에게 알아볼 일이었다. 문기는 집을 향해 돌아가면서도 연해 고개를 기웃거리며 그 일을 생각하였다. 내가 잘못 본 것인가, 고깃간 주인이 잘못 본 것인가 하고.

골목 모퉁이를 꺾어 돌아섰다. 서너 간* 앞을 서서 동무 수만이가 간다. 문기는 쫓아가 그와 나란히 서며

"너 집에 인제 가니?"

하고 어깨에 손을 걸고

"이거 이상한 일 아냐?"

"뭐가 말야?"

"고길 사러 갔는데 말야. 난 일 원짜리로 알구 냈는데 십 원으로 거슬러 주니 말야."

"정말야? 어디 봐."

문기는 손바닥을 펴 돈과 또 고기를 보였다. 수만이는 잠시 눈을 끔벅끔벅 무슨 궁리를 하는 듯 문기 얼굴을 보고 섰더니

"너 이렇게 해 봐라."

"어떻게 말야?"

"먼저 잔돈만 너이 작은어머니에게 주거든."

"그리고 어떡해."

"그리고 아무 말 없거든 내게로 나와. 헐 일이 있으니."

* 간(間) 길이의 단위. 한 간은 1.81818미터에 해당한다.

“무슨 헐 일?”

“글쎄, 그러구만 나와. 다 좋은 일이 있으니”

마침내 문기는 수만이가 이르는 대로 잔돈만 양복 주머니에서 꺼내 놓았다. 숙모는 그 돈을 받아 두 번 자세히 세 보고 주머니에 넣고는 아무 말 없이 돌아서 고기를 씻는다. 그래도 문기는 한동안 머뭇머뭇 눈치를 보다가 슬며시 밖으로 나갔다. 그리고 문밖엔 수만이가 이상한 웃음으로 그를 맞이하였다.

수만이가 있다던 좋은 일이란 다른 것이 아니었다. 거리에서 보고 지내던 온갖 가지고 싶고 해 보고 싶은 가지가지를 한번 모조리 돈으로 바꾸어 보자는 것이다.

그러나 문기는

“돈을 쓰면 어떻게 되니.”

“염려 없어. 나 하는 대로만 해.”

하고 머뭇거리는 문기 어깨에 팔을 걸고 수만이는 우쭐거리며 걸음을 옮긴다.

하긴 문기 역시 돈으로 바꾸고 싶은 것이 없지 않은 터, 그리고 수만이가 시키는 대로 하기만 하면 남이 하래서 하는 것이니까 어떻게 자기 책임은 없는 듯싶었다. 그리고 수만이는 수만이대로 돈은 문기가 만든 돈, 나중에 무슨 일이 난다 하여도 자기 책임은 없으니까 또 안심이었다. 이래서 두 소년은 마침내 손이 맞고* 말았다.

그래도 으슥한 골목을 걸을 때에는 알 수 없는 두려움에 가

2부 · 고민의 깊이

슴이 두근거리었으나 밝은 큰 한길로 나오자 차차 다른 기쁨으로 변했다. 길 좌우편 환한 상점 유리창 안의 온갖 것이 모두 제 것인 양, 손짓해 부르는 듯했다. 드디어 그들은 공을 샀다. 만년필을 샀다. 쌍안경을 샀다. 만화책을 샀다. 그리고 활동사진* 구경도 갔다. 다니며 이것저것 군것질도 했다.

그리고 그 남저지* 돈으로 또 한 가지 즐거운 계획이 있었다. 조그만 환등 기계* 한 틀을 사자는 것이다. 이것을 놀려 아이들에게 일 전씩 받고 구경을 시킨다. 그리고 여기서 나오는 것으로 두고두고 용돈에 주리지 않도록 하자는 계획이다. 하고 오늘 저녁부터 그 첫 착수를 하자는 약조였다.

그러나 이 즐거운 계획을 앞두고 이내 올 것은 오고 말았다. 안방에서 저녁상을 받고 앉았던 삼촌은 문기를 불렀다. 두 번 세 번 문기야, 소리가 아랫방 창을 울린다. 방 안에서 문기는 못 들은 양 대답지 않는다. 그러나 네 번째는 안방 미닫이를 열고 삼촌은

"문기 아랫방에 없니?"

댓돌 위에 신이 놓여 있는데 없는 양 할 수는 없다. 기어이 문기는 그 삼촌 앞에 나가 무릎을 꿇고 앉지 않을 수 없었다.

* 손이 맞다 무슨 일을 하는 데 의견이 맞다.
* 활동사진 '영화'의 옛 용어.
* 남저지 '나머지'의 사투리.
* 환등 기계 환등 장치를 이용하여 그림, 필름 따위를 확대하여 스크린에 비추는 기계. 환등.

삼촌은 잠잠히 식사를 계속한다. 그 상 밑에, 안반 뒤에 숨겨 두었던 공이 와 있다. 상을 물릴 임시*에 삼촌은 입을 열었다.

"너 요새 학교에 매일 갔었니?"

"네."

삼촌은 상 밑에 그 공을 굴려 내며

"이거 웬 공이냐?"

"수만이가 준 공예요."

"이것두?"

하고 삼촌은 무릎 밑에서 쌍안경을 꺼내 들었다.

"네."

"수만이란 얼마나 돈을 잘 쓰는 아인지 몰라두 이 공은 오십 전은 줬겠구나. 이건 못 줘두 일 원은 넘겨 줬겠구."

그리고 삼촌은

"수만이란 뭣 하는 집 아이냐?"

문기는 고개를 숙이고 앉아 말이 없다. 삼촌은 숭늉을 마시고 상을 물렸다.

"네 입으로 수만이가 줬다니 네 말이 옳겠지. 설마 늬가 날 속이기야 하겠니. 하지만 남이 준다고 아무것이고 덥적덥적 받는다는 것두 좀 생각해 볼 일이거든."

삼촌은 다시 말을 계속한다.

---

* **임시** 정해진 시간에 이름. 또는 그 무렵.

2부 · 고민의 깊이

"말 들으니 너 요샌 저녁두 가끔 나가 먹는다더구나. 그것두 수만이에게 얻어먹는 거냐?"

문기는 벌겋게 얼굴이 달아 수그리고 앉았다. 삼촌은 잠시 묵묵히 건너다만 보고 있더니 음성을 고쳐 엄한 어조로

"어머님은 어려서 돌아가시구 아버지는 저 모양이시구, 앞으로 집안을 일으킬 사람은 너 하나야. 성실치 못한 아이들하고 얼려 다니다 혹 나쁜 데 빠지거나 하면 첫째 네 꼴은 뭐구 내 모양은 뭐냐. 난 너 하나는 어디까지든지 공부도 시키구 사람을 만들어 주려구 애쓰는데 너두 그 뜻을 받아 주어야 사람이 아니냐."

그리고 삼촌은 어떻게 뒤뚝 맘 한번 잘못 가졌다가 영 신세를 망치고 마는 예를 이것저것 들어 말씀하고는 이후론 절대 이런 것 받아들이지 말라는 단단한 다짐을 받은 후 문기를 내보냈다.

문기는 아랫방에 내려와 혼자 되자 삼촌 앞에서보다 갑절 얼굴이 달아올랐다. 지금까지 될 수 있는 대로 생각지 않으려고 힘을 써 오던 그편에 정면으로 제 몸을 세워 놓고 보지 않을 수 없었다. 그러자 자기라는 몸은 벌써 삼촌의 이른바 나쁜 데 빠지고 만 것이었다. 그야 자기는 수만이가 시켜서 한 일이니까 잘못이 없다는 것이지만 당초에 그것은 제 허물을 남에게 미루려는 얄미운 구실이 아니고 뭐냐. 그리고 문기는 이미 삼촌을 속이었다. 또 써서는 아니 될 돈을 쓰고 말았다. 아아, 일

찍이 어머니를 여의고 아버지란 사람은 일상 천량만량*하고
허한* 소리만 하면서 남루한 주제에 거처가 없이 시골 서울로
돌아다니는 사람이고, 어려서부터 문기를 길러 낸 사람이 삼
촌이었다. 그리고 조카의 장래를 자기의 그것보다 더 중히 알
고 염려하며 잘되어 주기를 바라는 삼촌이었다. 문기도 그 삼
촌의 기대에 어그러지지 않는 인물이 되어 보이겠다고 엊그제
도 주먹을 쥐고 결심하던 문기가 아니냐. 생각할수록 낯이 뜨
거워지는 일이다.

　마침내 문기는 공과 쌍안경을 집어 들고 문밖으로 나갔다.
어둑어둑 저물어 가는 한길이다. 문기는 골목으로 들어섰다.
대낮에 많은 사람 가운데서 거리낌 없이 가지고 놀던 그 공이
지금은 사람이 드문 골목 안에서도 남이 볼까 두려워졌다. 컴
컴해질수록 더 허옇게 드러나 보이는 커다란 공을 처치하기에
곤란해 문기는 옆으로 꼈다 뒤로 돌렸다 하며 사람의 눈을 피
한다. 쌍안경이 든 불룩한 주머니가 또 성화다. 골목 하나를 돌
아서 나올 즈음 문기는 모르고 흘리는 것인 양 슬며시 쌍안경
을 꺼내 길바닥에 떨어뜨리었다. 그리고 걸음을 빨리 건너편
골목으로 들어간다. 개천가 앞에 이르렀다. 거기서 문기는 커
다란 공을 바지 앞에 품고 앉아서 길 가는 사람이 없기를 기다

---

* **천량만량** '노름'을 달리 이르는 말. 돈이나 재물 따위를 걸고 서로 내기를 하는 일.
* **허하다** 속이 비다. 참되지 않고 터무니없다.

린다.

자전거가 가고 노인이 오고 동이 뜬* 그 중간을 타서 문기는 허옇게 흐르는 물 위로 공을 던져 버리었다. 이어 양복 안주머니에 간직해 두었던 남저지 돈을 꺼내 들었다. 그것도 마저 던져 버리려다가 문득 들었던 손을 멈춘다. 그리고 잠시 둥실둥실 물을 따라 떠나가는 공을 통쾌한 듯 바라보다가는 돌아서 걸음을 옮긴다.

문기는 삼거리 고깃간을 향해 갔다. 그리고 골목으로 돌아가 남저지 돈을 종이에 싸서 담 너머로 그 집 안마당을 향해 던졌다.

그제야 문기는 무거운 짐을 풀어놓은 듯 어깨가 거뜬했다. 아까 물 위로 둥실둥실 떠가던 그 공, 지금은 벌써 십 리고 이십 리고 멀리 떠갔을 듯싶은 그 공과 함께 문기는 자기의 허물도 멀리 사라져 깨끗이 벗어난 듯 속이 후련했다. 그리고

'다시는 다시는.'

하고 문기는 두 번 다시 그런 허물을 범하지 않겠다고 백번 다지며 집을 향해 돌아간다.

그러나 문기는 그것만으로는 도저히 자기 허물을 완전히 벗을 수 없었다. 그가 자기 집 어귀에 이르렀을 때 뜻하지 않은 것이 기다리고 있다 나타났다.

* **동이 뜨다** 사이가 조금 생기다.

"너 어디 갔다 오니?"

하고 컴컴한 처마 밑에서 수만이가 튀어나오며 반긴다.

"지금 느이 집 다녀오는 길이다."

그리고 문기 어깨에 팔 하나를 걸고 한길을 향해 돌아서며

"어서 가자."

약조한 환등 틀을 사러 가자는 것이다. 극장 앞 장난감 가게에 있는 조그만 환등 틀을 오고 가는 길에 물건도 보고 금*도 보아 두었던 것이다. 그리고 오늘 낮에도 보고 온 것이언만 수만이는

"그새 팔리지나 않았을까?"

하고 걸음을 재촉한다. 문기는 생각 없이 몇 걸음 끌려가다가는 갑자기 그 팔을 쳐 내리며 물러선다.

"난 싫다."

수만이는 어리둥절해 쳐다본다.

"뭐 말야. 환등 틀 사기 싫단 말야?"

"난 인제 돈 가진 것 없다."

"뭐?"

하고 수만이는 의외라는 듯 눈이 둥그레지다가는 금세 능청스런 웃음을 지으며

"너 혼자 두고 쓰잔 말이지? 그러지 말구 어서 가자."

---

*금 시세나 흥정에 따라 결정되는 물건의 값.

　　　　　　　　　　2부 · 고민의 깊이

"정말 없어. 지금 고깃간집 안마당으로 던져 주고 오는 길
야. 공두 쌍안경두 버리구."

하고 문기는 증거를 보이느라고 이쪽저쪽 주머니를 털어 보이
는 것이나 수만이는 흥 하고 코웃음을 친다.

"누군 너만 못 약을 줄 아니?"

그리고 연신 빈정댄다.

"고깃간집 마당으로 던졌다? 아주 핑계가 됐거든."

"거짓말 아니다. 참말야."

할 뿐, 문기는 어떻게 변명할 줄을 몰라 쳐다보기만 하다가 고
개를 떨어뜨리고 울상을 한다.

"오늘 작은아버지에게 막 꾸중 듣구. 그리고 나두 인젠 그
런 건 안 헐 작정이다."

"그래도 나구 약조헌 건 실행해야지. 싫으면 너는 빠져도
좋아. 그럼 돈만 이리 내."

하고 턱 밑에 손을 내민다.

"정말 없대두 그래."

수만이는 내밀었던 손으로 대뜸 멱살을 잡는다.

"이게 그래두 느물거든."*

이런 때 마침 기침을 하며 이웃집 사람이 골목으로 들어서
자 수만이는 슬며시 물러선다. 그러나

---

* **느물다** 말이나 행동을 능글맞고 흉하게 하다.

"낼은 안 만날 테냐. 어디 두고 보자."

하고 피해 가는 문기 등을 향해 소리쳤다.

이튿날 아침이다. 학교를 가는 길에 문기가 큰 한길로 나오자 맞은편 판장*에 백묵으로 커다랗게 '김문기는' 하고 그 밑에 동그라미 셋을 쳐 '○○○했다.' 하고 써 있다. 그리고 학교 어귀에 이르러 삼거리 잡화상 빈지판*에도 같은 것이 쓰여 있는 것이다. 문기는 이번에도 무춤하고* 보다가는 얼른 모자를 벗어서 이름자만 지워 버렸다. 그러는 것을 건너편 길모퉁이서 수만이가 일그러진 웃음으로 보고 섰다. 그리고 문기가 앞으로 지나가자

"왜, 겁이 나니? 짓게."*

하고 뒤를 오면서 작은 소리로

"그래, 정말 돈 너만 두고 쓸 테냐? 그럼 요건 약과*다."

그리고 수만이는 추근추근하게* 쫓아다니며 은근히 골리었다.

철봉틀 옆에 정신없이 선 문기를 불시에 다리오금을 쳐 골탕을 먹게 하였다. 단거리 경주 연습을 하는 척 달음박질을 하

＊**판장** 널판장. 널빤지로 친 울타리.
＊**빈지판** 빈지문. 한 짝씩 끼웠다 떼었다 하게 만든 문.
＊**무춤하다** 놀라거나 어색한 느낌이 들어 갑자기 하던 짓을 멈추다.
＊**짓다** '지우다'를 예스럽게 이르는 말.
＊**약과** 그만한 것이 다행임. 또는 그 정도는 아무것도 아님을 이르는 말.
＊**추근추근하다** 성질이나 하는 짓 따위가 질기고 끈덕지다.

다가는 일부러 문기 앞으로 달려들어 몸째 부딪는다. 그리고 으슥한 곳에서 단둘이 만나는 때면 수만이는

"너, 네 맘대루만 허지. 나두 내 맘대루 헐 테다. 내 안 풍길* 줄 아니? 풍길 테야."

하고 손을 들어 꼽는다.

"풍기기만 하면 첫째 학교에서 쫓겨날 것이요, 둘째 너희 집에서 쫓겨날 것이요, 그리고 남의 걸 훔친 거나 일반이니까 또 그런 곳으로 붙들려 갈 것이요."

하고는 또

"풍길 테다."

사실 그다음 시간 교실을 들어갔을 때 문기는 크게 놀랐다. 칠판 한가운데 '김문기는 ○○○했다.'가 커다랗게 쓰여 있다. 뒤미처 선생님이 들어왔다. 일은 간단히 선생님이 한 번 쳐다보고 누구 장난이냐, 하고 쓱쓱 지워 버리고는 고만이었지만 선생님이 들어오고 그것을 지우기까지의 그동안 문기는 실로 앞이 캄캄했다.

그러나 수만이는 그것으로 고만두지 않았다. 학교를 파해 거리로 나와서는 한층 심했다. 두어 간 문기를 앞세워 놓고 따라오면서 연해 수만이는

"앞에 가는 아이는 공공공했다지."

---

* 풍기다 냄새가 나다. 냄새를 퍼뜨리다. 여기에서는 '소문을 내다.'의 뜻임.

그리고 점점 더해 나중엔 도적질을 거꾸로 붙여서

"앞에 가는 아이는 칠적도했다지."

하고 거리거리 외며 따라오는 것이다.

문기 집 가까이 이르렀다. 수만이는 문기 앞으로 다가서며 작은 음성으로 조겼다.

"너, 지금으로 가지고 나오지 않으면 낼은 가만 안 둔다. 도적질했다 하구 똑바루 써 놓을 테야."

문기는 여전히 못 들은 척 걸음만 옮긴다. 자기 집 마당엘 들어섰다. 숙모는 뒤꼍에서 화초 모종을 하는지 여기 심어라 저기 심어라 하고 아랫집 심부름하는 아이와 이야기하는 소리가 날 뿐 집 안엔 아무도 없다.

그리고 눈앞에 보이는 붙장* 안 앞턱에 잔돈 얼마와 지전 몇 장이 놓여 있다. 그리고 문밖엔 지금 수만이가 돈을 가지고 나오기를 기다리고 섰다. 여기서 문기는 두 번째 허물을 범하고 말았다.

"진작 듣지."

하고 빙그레 웃는 수만이 얼굴에다 뺨을 때리듯 돈을 던져 주고 문기는 달아났다.

급한 걸음으로 문기는 네거리 하나를 지났다. 또 하나를 지났다. 또 하나를 지났다. 걸음은 차차 풀이 죽는다. 그리고 문

---

* 붙장 부엌 벽의 안쪽이나 바깥쪽에 붙여 만든 장. 간단한 그릇 따위를 간직하는 데 쓴다.

기는 이런 생각을 하였다.

'자기는 몰래 작은어머니 돈을 축냈다. 그러나 갚으면 고만 아니냐. 그 돈 값어치만큼 밥도 덜 먹고 학용품도 아껴 쓰고 옷도 조심해 입고, 이렇게 갚으면 고만 아니냐.'

몇 번이고 이 소리를 속으로 되뇌며 문기는 떳떳이 얼굴을 들고 집으로 들어갈 수 있을 만한 뱃심을 만들려 한다. 그러나 일없이 공원으로 거리로 돌며 해를 보낸다.

날이 저물어서 문기는 풀이 죽어 집 마루에 걸터앉았다. 숙모가 방에서 나오다 보고

"너 학교에서 인제 오니?"

그리고 이어

"너 혹 붙장 안의 돈 봤니?"

하다가는 채 문기가 입을 열기 전에 숙모는

"학교서 지금 오는 애가 알겠니. 참, 점순이 고년 앙큼헌 년이더라. 낮에 내가 뒤꼍에서 화초 모종을 내고 있는데 집을 간다고 나가더니 글쎄 돈을 집어 갔구나."

문기는 잠잠히 듣기만 한다. 그러나 속으로는 갚으면 고만이지 소리를 또 한 번 외어 본다.

그날 밤이었다. 아랫방 들창 밑에 훌쩍훌쩍 우는 어린아이 울음소리가 났다. 아랫집 심부름하는 아이 점순이 음성이었다. 숙모가 직접 그 집에 가서 무슨 말을 한 것은 아니로되 자연 그 말이 한 입 건너 두 입 건너 그 집에까지 들어갔고, 그리

고 그 집 주인 여자는 점순이를 때려 쫓아낸 것이다. 먼저는 동네 아이들이 모여 지껄지껄하더니 차차 하나 가고 둘 가고 훌쩍훌쩍 우는 그 소리만 남는다. 방 안의 문기는 그 밤을 뜬눈으로 새웠다.

이튿날 아침이다. 문기는 밥을 두어 술 뜨다가는 고만둔다. 그 돈을 갚기 위한 그것이 아니다. 도시 입맛이 나지 않았다. 학교엘 갔다. 첫 시간은 수신* 시간, 그리고 공교로이* 제목이 '정직'이다. 선생님은 뒷짐을 지고 교단 위를 왔다 갔다 하며 거짓이라는 것이 얼마나 악한 것이고 정직이 얼마나 귀하고 중한 것인가를 누누이 말씀한다. 그리고 안경 쓴 선생님의 그 눈이 번쩍하고 문기 얼굴에 머물렀다 가고 가고 한다. 그럴 때마다 문기는 가슴이 뜨끔뜨끔해진다. 문기는 자기 한 사람에게만 들리기 위한 정직이요 수신 시간인 듯싶었다. 그만치 선생님은 제 속을 다 들여다보고 하는 말인 듯싶었다.

운동장에서도 문기는 풀이 없다. 사람 없는 교실 뒤 버드나무 옆 그런 데만 찾아다니며 고개를 숙이고 깊은 생각에 잠기거나 팔짱을 찌르고 왔다 갔다 하기도 한다. 그러다 누가 등을 치면 소스라쳐 깜짝깜짝 놀란다.

* **수신(修身)** 일제 강점기 때 교과목 중의 하나로, 지금의 도덕 과목에 해당.
* **공교로이** 생각지 않았던 것과 우연히 마주쳐 기이하다고 할 만하게.

2부 · 고민의 깊이

언제나 다름없이 하늘은 맑고 푸르건만 문기는 어쩐지 그 하늘조차 쳐다보기가 두려워졌다. 자기는 감히 떳떳한 얼굴로 그 하늘을 쳐다볼 만한 사람이 못 된다 싶었다.

언제나 다름없이 여러 아이들은 넓은 운동장에서 마음대로 뛰고 마음대로 지껄이고 마음대로 즐기건만 문기 한 사람만은 어둠과 같이 컴컴하고 무거운 마음에 잠겨 고개를 들지 못한다. 무엇보다도 문기는 전일처럼 맑은 하늘 아래서 아무 거리낌 없이 즐길 수 있는 마음이 갖고 싶다. 떳떳이 하늘을 쳐다볼 수 있는, 떳떳이 남을 대할 수 있는 마음이 갖고 싶었다.

오후 해 저물녘이다. 문기는 책보를 흔들흔들 고개를 숙이고 담임 선생님 집 앞을 왔다가는 무춤하고 섰다가 그대로 지나가고 그대로 지나가고 한다. 세 번째는 드디어 그 집 문 안을 들어서서 선생님을 찾았다. 선생님은 문기를 안방으로 맞아들이었다. 학교에서 볼 때 엄하고 딱딱하던 선생님은 의외로 부드러이 웃는 낮으로 문기를 대한다. 문기는 선생님 앞에 엎드려 모든 것을 자백할 결심이었다. 그런데 선생님의 부드러운 태도에 도리어 문기는 말문이 열리지 않았다. 다음은 건넌방에서 어린애가 울어 못 했다. 다음은 사모님이 들락날락하고 그리고 다음엔 손님이 왔다. 기어이 문기는 입을 열지 못한 채 물러 나오고 말았다.

먼저보다 갑절 무겁고 컴컴한 마음이었다. 도저히 문기의 약한 어깨로는 지탱하지 못할 무거운 눌림이다. 걸음은 집을 향해 가는 것이지만 반대로 마음은 멀어진다. 장차 집엘 가서 대할 숙모가 두려웠고 삼촌이 두려웠고 더욱이 점순이가 두려웠다.

어느덧 걸음은 삼거리를 건너고 있었다. 문기 등 뒤에서 아주 멀리 뿡뿡하고 자동차 소리와 비켜라 하는 사람의 소리가 나는 듯하더니 갑자기 귀밑에서 크게 울린다. 언뜻 돌아다보니 바로 눈앞에 자동차 머리가 달려든다. 그리고 문기는 으쓱하고 높은 데서 아래로 떨어져 가는 듯싶은 감과 함께 정신을 잃고 말았다.

얼마 동안을 지났는지 모른다. 문기가 어렴풋이 눈을 떴을 때 무섭게 전등불이 밝아 눈이 부시었다. 문기는 다시 눈을 감았다. 두 번째 문기는 눈을 뜨자 희미하게 삼촌의 얼굴이 나타나며 그것이 차차 똑똑해지더니 삼촌은

"너 내가 누군 줄 알겠니?"

하고 웃지도 않고 내려다본다. 문기는 이것도 꿈인가 하고 한번 웃어 주려면서 그대로 맑은 정신이 났다. 문기는 병원 침대 위에 누워 있었다. 어디 아픈 데는 없으면서도 몸을 움직일 수는 없다. 삼촌은 근심스런 얼굴로 내려다본다.

"작은아버지."

하고 문기는 입을 열었다. 그리고

"저는 마땅히 받아야 할 벌을 받은 거예요."

하고 문기는 눈을 감으며 한마디 한마디 그러나 똑똑하게 처

음서부터 끝까지 먼저 고깃간 주인이 일 원을 십 원으로 알고 거슬러 준 것, 그 돈을 써 버린 것, 그리고 또 붙장 안의 돈을 자기가 훔쳐 낸 것, 이렇게 하나하나 숨김없이 자백을 하자 이때까지 겹겹으로 몸을 싸고 있던 허물이 한 꺼풀 한 꺼풀 벗어지면서 따라 마음속의 어둠도 차차 사라지며 맑아지는 것을 문기는 확실히 깨달을 수 있었다. 마음이 맑아지며 따라 몸도 가뜬해진다. 내일도 해는 뜨고 하늘은 맑아지리라. 그리고 문기는 그 하늘을 떳떳이 마음껏 쳐다볼 수 있을 것이다.

1. 다음은 소설의 줄거리를 정리한 내용이다. 괄호 안에 알맞은 낱말을 넣어 보자.

> 문기는 숙모의 심부름으로 (   )를 사러 갔다가 주인의 실수로 (   )을 더 많이 받는다. 문기는 자신이 잘못된 행동을 알면서도 (   )의 꼬임에 넘어가 돈을 돌려주지 않고 사용한다. 삼촌에게 자신의 잘못된 행동을 들킨 문기는 (   )을 하여 잘못을 숨기지만, 자신의 행동을 반성한 후 공과 쌍안경을 버리고 남은 돈은 고깃간집 (   )에 던진다. 수만이는 문기에게 돈을 내놓으라며 학교 가는 길과 교실에 '(   )'를 써 놓고 협박한다. 문기는 결국 (   )의 돈을 훔쳐 수만이에게 주고, 자신의 거짓말 때문에 누명을 쓰고 쫓겨난 (   )의 일로 괴로워한다. 문기는 담임 선생님께 모든 것을 (   ) 결심을 하였지만 하지 못하고, 귀가 중에 (   )를 당한다. 병원에서 깨어난 후 삼촌에게 자신의 행동을 모두 말하고 하늘을 (   ) 마음껏 쳐다본다.

2. 내가 만약 문기의 절친이었다면, 문기의 행동에 대해 친구로서 충고해 주고 싶은 것이 무엇인지 생각해 보고 편지글로 써 보자.

문기에게,

_____

_____

_____

_____

3. 나 혹은 주변 친구들이 자주 하는 거짓말로는 무엇이 있는지 생각해 보고, 그 말을 한 상황이나 이유를 적어 보자.

예시 > 학원 끝나고 집에 바로 가지 않고 친구랑 놀다가 귀가 시간이

늦어질 때가 있다. 그럴 때 엄마한테 전화가 와서 "어디야?"라고 물으시면

"학원에서 나머지 공부를 하느라 늦었어요."라고 말한다.

거짓말이 나쁜 것은 알지만, 친구랑 노는 것이 좋고 엄마한테 혼이

덜 나고 싶어서 그러는 것 같다.

4. '관용구'는 두 개 이상의 단어로 이루어져 있으면서, 그 단어의 일반적인 의미만으로는 전체 의미를 알 수 없는 특수한 어구를 말한다. 예를 들어 '발이 넓다.'는 발의 폭이 넓다기보다 '사교적이어서 아는 사람이 많다.'를 의미한다. 관용구에 대한 다음 질문에 답해 보자.

❶ 작품 속 아래 문장에 쓰인 관용구를 찾아보고 그 의미를 적어 보자.

> "두 소년은 마침내 손이 맞고 말았다."
>
> 관용구:
>
> 의미:
>
> "생각할수록 낯이 뜨거워지는 일이다."
>
> 관용구:
>
> 의미:

❷ 우리 일상에서 널리 쓰이는 또 다른 관용구로는 무엇이 있는지 찾아보자.

홍길동전

허
균

허균

조선 선조부터 광해군 때의 문인(1569~1618). 강원도 강릉 출생. 초당 허엽의 아들로 명문가의 적자로 태어났으며 자유분방한 성격을 지녀 서얼, 승려, 기생 등 다양한 신분의 사람들과 스스럼없이 어울렸다. 글쓰기에 재주가 있어 조선과 명나라에 이름이 널리 알려졌다. 광해군 때 반역 혐의를 받고 참형을 당했다. 최초의 한글 소설인 「홍길동전」의 작가로 알려졌다.

✦ 읽기 전에 ✦

조선은 신분제 사회여서 지배층인 양반, 중간 신분인 양민, 하층 신분인 천민 등으로 계급이 구분되어 있었습니다. 양반 남성은 정실부인 외에도 첩을 둘 때가 있었는데 양반과 양민 사이에서 태어난 자식을 서자, 양반과 천민 사이에서 태어난 자식을 얼자로 구분하기도 했지요. 서얼인 자녀들은 여러모로 차별을 받았습니다. 홍길동 역시 그러했지요. 부모님과 한집에 살았지만 열 살이 넘을 때까지 아버지를 아버지라, 형을 형이라 부르지 못했습니다. 작품의 사회문화적 배경을 살피면서, 주인공이 자신의 고민과 갈등을 어떻게 풀어 가는지 감상해 봅시다.(「홍길동전」의 분량이 많아 교과서에는 부득이 일부만 수록됐으니, 작품을 구해서 전체를 읽어 보길 바랍니다.)

조선 세종 때 양반 홍 판서*는 대낮에 청룡이 달려드는 꿈을
꾸고 나서 그 집에서 종살이하는 춘섬과 잠자리를 가진 뒤에
그녀를 첩으로 삼았다. 춘섬은 그날로부터 태기가 있어 열 달
만에 옥동자를 낳았는데 아기의 이름을 '길동'이라 하였다. 길
동은 총명하게 자라났다.

세월은 물같이 흘렀다.

길동은 열 살이 넘도록 아버지를 아버지라 부르지 못하고
형을 형이라 하지 못하는 처지였다. 그러니 집안의 종들마저
손가락질하며 수군거리기 일쑤였다.

그해 구 월 보름 무렵이었다.

달빛이 처량하고 가을바람은 소슬하여* 마음이 더욱 울적
하였다. 방에서 글을 읽던 길동은 문득 책상을 밀치고 긴 한숨
을 쉬었다.

"사내가 공자와 맹자를 본받지 못할 바에야 차라리 병법*
이라도 익혀 장수라도 되어야겠다. 천군만마*를 호령하며 나

* **판서** 조선 시대 육조의 으뜸 벼슬.
* **소슬하다** 으스스하고 쓸쓸하다.
* **병법** 군사를 지휘하여 전쟁하는 방법.
* **천군만마** 천 명의 군사와 만 마리의 군마라는 뜻으로, 아주 많은 수의 군사와 군마를 이르는 말.

라 밖에 나가 동서를 정벌하고* 큰 공을 세우면 얼마나 통쾌하
랴! 그리하여 위로는 한 임금을 섬기고 아래로는 만백성의 으
뜸이 되어 이름을 후세에 전하는 것이 마땅하다. 옛사람도 '왕
후장상의 씨가 따로 없다'*고 하지 않았는가? 슬프다. 세상 사
람이 다 아비와 형이 있어 스스럼없이 부르거늘 나는 왜 그렇
게 하지 못하는가?"

길동은 답답하고 원통한 마음에 칼을 들고 뜰로 나갔다. 그
리고 휘영청 밝은 달빛 아래 검술을 익히며 갑갑한 마음을 달
랬다.

그때 홍 판서가 호젓이 뜰을 거닐며 밝은 달을 바라보다 길
동을 알아보고 불렀다. 길동이 칼을 버리고 나아가 허리를 숙
이니 홍 판서가 물었다.

"밤이 깊었는데 어찌 잠을 자지 않느냐?"

길동이 공손히 손을 모으고 대답하였다.

"달이 하도 밝아 달빛을 즐기고 있었나이다."

"호오? 너에게 그런 흥이 있었단 말이냐?"

"하늘이 세상 만물을 내시었으되 그중 제일 귀한 것이 사람
이라 하였습니다. 소인도 그런 복을 받고 태어났지만 아직도
떳떳이 하늘을 우러러보지 못하겠습니다."

---

* **정벌하다** 적 또는 죄 있는 무리를 무력으로써 치다.
* **왕후장상의 씨가 따로 없다** 왕과 재상이 따로 정해진 것이 아니라 누구나 될 수 있다는 말.

2부 · 고민의 깊이

열 살밖에 안 된 아이가 평생을 다 산 것 같은 말을 하니 홍 판서를 어이가 없었다.

"그 무슨 말이냐?"

길동의 얼굴이 이내 붉어졌다.

"소인이 대감의 정기*를 받아 태어났으니 어찌 낳고 길러 주신 부모님의 은혜를 잊겠습니까. 하오나 소인이 서러워하는 것은…… 서러워하는 것은…… 아버지를 아버지라 부르지 못 하고 형을 형이라 못 하오니 이 어찌 사람이라 하오리까?"

어느새 길동의 목이 메었다.

홍 판서가 그 말을 들으니 불쌍한 생각이 들었다. 그러나 만 일 그 마음을 달래 주면 제멋대로 될까 염려하여 일부러 크게 꾸짖었다.

"양반 집안에 첩이나 종의 자식이 너뿐만이 아니거늘, 조그 만 아이가 어찌 이리도 방자하냐?* 앞으로 또 그런 말을 하면 다시는 너를 보지 않으리라!"

홍 판서가 그렇게 다그치는 바람에 길동은 감히 한마디도 더 하지 못하고 고개를 푹 떨구었다. 조금 있다 홍 판서가 물러 가라 하자 길동은 제 방으로 돌아와 그만 참았던 눈물을 주르 르 흘리고 말았다.

---

* 정기 천지 만물을 생성하는 원천이 되는 기운.
* 방자하다 태도에 예의가 없고 건방지다. 혹은 제멋대로 거리낌 없이 논다.

길동은 본래 재주가 뛰어나고 막힌 데가 없는 성품이라 억울하고 슬픈 마음을 쉽게 가라앉히지 못하였다. 그리하여 밤마다 잠을 이루지 못하다가 몇 달 뒤 사랑채에 나가 다시 아뢰었다.

"소인이 요즘 마음을 못 잡고 있습니다. 비록 천한 신분이나 소인이 글을 잘하여 급제하면* 정승을 못 하오리까? 활을 잘 쏘아 급제하면 장수를 못 하오리까?"

그 말에 홍 판서의 얼굴이 붉으락푸르락해졌다.

"내가 전에도 방자한 말을 하지 말라 일렀거늘, 어찌 또 그런 말을 하느냐?"

홍 판서가 이번에도 호통을 쳐 물리치자 길동은 제 어미를 찾아가 하소연하였다.

"사내는 모름지기 세상에 나가 그 이름을 드높여 부모를 드러내고 조상의 이름을 빛내야 할 것입니다. 하오나 소자의 팔자가 사나워 친척이며 일가들이 다 천하게 여깁니다. 하오니 하늘과 땅은 제 서러운 마음을 알 것입니다. 대장부가 세상을 살며 남에게 천한 대접을 받는 것이 어찌 달갑겠습니까? 제 이름을 당당히 드러내고 병조 판서 벼슬을 받지 못할 바엔 차라리 집을 떠나 다른 길을 찾겠습니다. 바라건대 어머님께서는 구구한* 정에 이끌리지 마시고 소자가 다시 찾아올 때를 기다

---

* **급제하다** 과거 시험에 합격하다.

리소서.”

그 어미가 깜짝 놀라 얼굴빛을 달리하였다.

“양반 집안에 천한 신분으로 태어난 것이 너뿐만이 아니다. 네가 어찌 그런 생각으로 이 어미의 마음을 아프게 하느냐?”

길동이 다시 말하였다.

“집안의 하인들마저 서얼*이라 업신여기며 수군대는 것이 가슴에 사무칩니다. 옛날에 저처럼 천한 신분이었지만 어미와 이별하고 운봉산에 들어가 도를 닦아 아름다운 이름을 후세에 남긴 사람이 있다고 들었습니다. 소자도 이제 그런 호걸*을 본받고자 하옵니다. 엎드려 바라건대 어머님은 없던 자식이라 생각하고 지내소서. 그러면 훗날 돌아와 어머님의 은혜를 만분의 일이나마 갚겠습니다. 요즘 곡산댁의 눈치가 대감의 사랑을 잃을까 봐 우리 모자를 해치려는 듯하오니 언젠가는 큰 화를 입을까 두렵습니다.”

곡산댁은 홍 판서의 첫 번째 첩인 초랑을 이르는 말이었다. 홍 판서가 한동안 저를 가까이하자 의기양양하여* 제 마음에 들지 않는 일이 있으면 고자질하여 종종 말썽을 일으키곤 하였다. 남이 안되면 좋아하고 잘되면 배 아파하는 성품에 홍 판

✱ **구구하다** 잘고 많아서 일일이 언급하기가 구차스럽다. 떳떳하지 못하고 졸렬하다.
✱ **서얼** 본부인이 아닌 여자에게서 난 자식.
✱ **호걸** 지혜와 용기가 뛰어나고 기개와 풍모가 있는 사람.
✱ **의기양양하다** 뜻한 바를 이루어 만족한 마음이 얼굴에 나타난 상태이다.

서가 길동을 귀여워하고 그 어미를 가까이하는 것을 참지 못하였다.

그러나 곡산댁이 아무리 길동 모자를 헐뜯고 고자질하여도 홍 판서는 허허 웃기만 하였다.

"그러면 너도 길동이 같은 똑똑한 아이를 낳아라. 늘그막에 그만한 복이 없느니라."

곡산댁은 저도 자식을 낳게 해 달라고 천지신명께 매일 빌었으나 끝내 아이가 없었다. 그러니 길동 모자를 더욱 미워하게 되었다.

길동 어미도 그런 사정을 모르지 않았다. 그러나 우선은 집을 나가겠다는 어린 자식부터 타일러야겠다고 생각하였다.

"네 말이 제법 그럴듯하나 곡산댁은 그럴 사람이 아니다. 어찌 그런 일이 있겠느냐?"

"사람의 마음은 헤아리기 어렵습니다. 소자의 말을 가벼이 여기지 마시고 조심하소서."

그날은 그렇게 넘어갔지만 길동의 서러운 마음이 가라앉은 것은 아니었다.

뒷부분 줄거리

한편, 길동과 그 어미에 대한 홍 판서의 사랑이 갈수록 커지자, 홍 판서의 또 다른 첩 곡산댁(초랑)은 이를 시기하여 길동을

2부 · 고민의 깊이

없애려고 음모를 꾸민다. 곡산댁이 보낸 자객에게 살해당할 위기를 모면한 길동은 집을 떠나 도적의 소굴로 들어가 우두머리가 되고 활빈당(가난한 백성을 돕는 무리)을 조직한다. 그러고는 조선 팔도를 돌아다니며 백성을 괴롭히는 벼슬아치나 양반의 재물을 훔쳐 굶주리는 백성들에게 나누어 준다. 이렇게 되자 나라에서는 홍길동과 활빈당을 잡으려고 많은 군사를 동원하여 애쓰지만, 매번 허탕을 치고 만다. 귀신같이 나타났다 사라지는 길동은 이를 비웃기라도 하듯 한양에까지 올라가 백성을 괴롭히고 제 배만 불리는 탐욕스러운 벼슬아치를 혼내 준다. 임금은 아버지인 홍 판서를 통해 길동을 잡으려고 했지만 뜻대로 되지 않자 병조판서 벼슬을 주겠다고 속여 길동을 조정에 불러들인다. 임금 앞에 나타난 길동은 병조판서 벼슬을 받아들인 뒤 곧장 무리를 이끌고 조선을 떠나겠다고 하직 인사를 하고는 공중으로 몸을 띄워 홀연히 사라진다. 이후 길동은 활빈당과 함께 벼 일천 석을 싣고 중국 남경의 제도에 도착하여 농업과 군사훈련에 힘쓰는 한편 부인을 얻는다. 그런 후에 사치와 향락에 빠져 백성과 나라를 돌보지 않는 율도국을 정벌하고 새 나라를 세운다. 그러고는 왕위에 올라 태평성세(나라가 안정되어 아무 걱정 없고 평안함)를 누리다가 왕위를 물려주고 어느 날 자취도 없이 사라진다.

1. 다음은 주인공 홍길동이 갈등하는 장면이다. 소설의 시대적 배경을 바탕으로 갈등의 원인이 무엇인지 생각해 보자.

> "옛사람도 '왕후장상의 씨가 따로 없다'고 하지 않았는가? 슬프다. 세상 사람이 다 아비와 형이 있어 스스럼없이 부르거늘 나는 왜 그렇게 하지 못하는가?"
>
> "소인이 대감의 정기를 받아 태어났으니 어찌 낳고 길러 주신 부모님의 은혜를 잊겠습니까. 하오나 소인이 서러워하는 것은…… 서러워하는 것은…… 아버지를 아버지라 부르지 못하고 형을 형이라 못 하오니 이 어찌 사람이라 하오리까?"

2. 오늘날에도 사회나 가정에서 청소년들은 많은 어려움을 겪고 있다. 다음 표를 참고하여 최근 자신이 가장 고민하는 것은 무엇이며 어떻게 고민을 해결할지 써 보자.

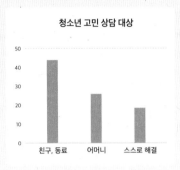

청소년 고민 상담 대상

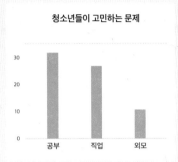

청소년들이 고민하는 문제

활동

3. 다음은 홍길동의 삶을 나열한 것이다. 「홍길동전」의 전체 줄거리를 확인해 보고 시간 순서대로 배열해 보자.

> ㉠ 조선 세종 때 한양에서 홍 판서의 서자로 출생함.
>
> ㉡ 산중에서 도적 떼를 만나 우두머리가 되고 활빈당을 조직함.
>
> ㉢ 열 살이 넘도록 자신의 천한 신분 때문에 호부호형하지 못함에 슬퍼함.
>
> ㉣ 홍 판서의 첩인 곡산댁의 음모로 죽을 뻔했으나 홍 판서에게 호부호형을 허락받고 집을 떠남.
>
> ㉤ 율도국을 정벌하여 왕이 된 후 태평성대를 이룸.
>
> ㉥ 활빈당 무리와 함께 벼 일천 석을 배에 싣고 중국 남경 땅 제도에 도착한 후 농업과 군사 훈련에 힘쓰고 부인을 얻음.
>
> ㉦ 형 앞에 스스로 나타나 한양으로 압송되나, 군사들을 물리치고 임금이 내린 벼슬인 병조판서를 받아들인 후 조선을 떠남.
>
> ㉧ 탐관오리의 부정한 재물을 빼앗아 가난한 백성에게 나눠 주자 홍길동을 잡으려고 포도대장이 직접 움직였으나, 신귀한 재주를 부려 달아남.

→   →   →   →   →   →   →

2부 · 고민의 깊이

4. 「홍길동전」의 내용을 활용하여 낱말 퍼즐을 풀어 보자.

1	6			8		
			2			
7						
4			3		9	
		5				

♦ 가로말 풀이

1. 조선 시대 육조의 으뜸 벼슬
2. 으스스하고 쓸쓸하다.
3. 천 명의 군사와 만 마리 군마라는 뜻으로, 아주 많은 수의 군사와 군마를 이르는 말.
4. 남을 몰래 해치는 사람.
5. 천지 만물을 생성하는 원천이 되는 기운.

♦ 세로말 풀이

5. 적 또는 죄 있는 무리를 무력으로써 치다.
6. 양반과 양민 여성 사이에서 낳은 아들.
7. 태도에 예의가 없고 건방지다. 혹은 제 멋대로 거리낌 없이 논다.
8. 관아에 나가서 나랏일을 맡아 다스리는 자리. 또는 그런 일.
9. 나라 안의 모든 백성.

　2부에서는 작품 속의 다양한 인물들이 어떤 갈등을 겪고 있고 그 갈등을 어떻게 풀어 가는지 흥미진진한 이야기를 통해 살펴보았습니다. 다음은 갈등과 관련된 낱말들입니다. 낱말의 정확한 의미를 알면 갈등을 이해하는 폭도 넓어지고 적절한 상황에서 효과적으로 사용할 수 있겠지요. 낱말의 뜻풀이를 찾아 바르게 연결해 봅시다.

모순	•	• 서로 맞부딪치거나 맞섬.
대립	•	• 서로 반대되거나 어긋남.
상반	•	• 어떤 사실의 앞뒤, 또는 두 사실이 이치상 어긋나서 서로 맞지 않음을 이르는 말.
충돌	•	• 책임감이 없음.
무책임	•	• 의견이나 처지, 속성 따위가 서로 반대되거나 모순됨. 또는 그런 관계.

낱말들이 조금 어렵게 느껴지거나 서로 헷갈리지 않았나요? '갈등(葛藤)'은 '칡과 등나무가 서로 얽히는 것과 같이, 개인이나 집단 사이에 목표나 이해관계가 달라 서로 적대시하거나 충돌함. 또는 그런 상태'를 이르는 말입니다. 갈등을 일으키는 요소들은 우리 삶의 곳곳에서 찾아볼 수 있고 여러 형태로 나타납니다.

「홍길동전」에서 길동은 적자와 서자를 차별하는 조선시대 신분제 사회의 '모순' 때문에 극심한 갈등을 겪고 있지요. 이 책에 수록되지 않은 뒷이야기에서 길동은 집을 떠나 자신이 품고 있는 이상을 펼치고자 노력하고, 모순된 현실을 비판하면서 그 나름의 해결 방안을 제시하게 되지요. 「동백꽃」은 소박하고 눈치 없는 '나'와 조숙하고 당돌한 점순이의 성격을 '대립'시켜 사춘기 남녀의 순박하고 미묘한 사랑의 감정과 심리를 잘 드러내고 있어요. 대립하는 두 인물은 동백꽃 아래에서 결국 화해하게 되지요. 「하늘은 맑건만」의 주인공 문기는 자기 내면에 존재하는 두 목소리의 '충돌'과 친구 수만이와의 의견 '충돌'을 겪으면서 무척 괴로워하지요. 결국 문기는 자기가 저지른 잘못을 솔직하게 자백하면서 떳떳하고 당당한 사람이 됩니다. 「옥수수 뺑소니」에서 주인공 현성이는 상대방을 먼저 탓하며 '무책임'한 태도를 보이는 선글라스 아저씨의 행동에 짜증이 나고, 솔직하지 못한 자기 행동 때문에 옥수수 아저씨가 고소될 처지에 놓인 것을 보며 괴로워하지요. 하지만 끝까지 책임감 있고 따뜻하게 행동하는 옥수수 아저씨를 보며 어떻게 살아가는 것이 참된 삶인지 깨닫게 됩니다. 「먹고 싶다, 수박」의 주인공 다정이는 학교생활 중에 벌어진 사건을 해결할 방법을 찾아 가는 과정에서 자신과 '상반'된 의견과 태도를 보여 준 절친한 친구들 때문에 갈등을 겪지요. 고민에 빠진 친구를 못 본 척하지 않고 도움의 손길을 내민 은비가 있어 다정이는 외롭지 않네요.

드디어 2부도 끝났습니다. 여러분의 삶은 소설 속 인물들의 모습과 어떻게 다른가요? 자, 여러분도 자기 삶의 주인공이 되어 갈등을 일으키는 요소와 그 해결 방법을 염두에 두면서 자신만의 이야기를 만들어 보세요.

작품 출처

김유정   「동백꽃」, 『20세기 한국소설 5』, 창비 2005; 『동백꽃』, 문학과지성사 2016.

박상기   「옥수수 뺑소니」, 『옥수수 뺑소니』, 창비 2017.

박완서   「자전거 도둑」, 『자전거 도둑』, 다림 1999.

유은실   「내 이름은 백석」, 『만국기 소년』, 창비 2007.

이송현   「오후 4시, 달고나」, 『기념일의 무게』, 마음이음 2023.

장주식   「먹고 싶다, 수박」, 『어쩌다 보니 왕따』, 우리학교 2012.

조우리   「커튼콜」, 『커튼콜』, 창비 2022.

허균   「홍길동전」, 『홍길동전』, 정종목 글, 창비 2004.

현덕   「하늘은 맑건만」, 『집을 나간 소년』, 아문각 1946; 『하늘은 맑건만』, 창비 2018.

수록 교과서 보기

지은이	작품명	수록 교과서
김유정	동백꽃	비상(박영민) 1-2, 미래엔(신유식) 1-2
박상기	옥수수 뺑소니	미래엔(민병곤) 1-2, 미래엔(신유식) 1-1
박완서	자전거 도둑	동아(남궁민) 1-2, 비상(박영민) 1-1
유은실	내 이름은 백석	미래엔(민병곤) 1-1
이송현	오후 4시, 달고나	천재(노미숙) 1-2
장주식	먹고 싶다, 수박	천재(노미숙) 1-1
조우리	커튼콜	해냄에듀(강양희) 1-1
허균	홍길동전	동아(남궁민) 1-2, 미래엔(민병곤) 1-2, 미래엔(신유식) 1-2, 비상(박영민) 1-2
현덕	하늘은 맑건만	비상(박현숙) 1-1, 지학사(서혁) 1-1, 창비교육(이도영) 1-2, 천재(정호웅) 1-2